Nina

Kai

Mirko

Julia

Liebe Leserinnen und Leser

Wie bei allen Fällen der Kaminski-Kids haben auch bei diesem neuen Band meine drei Kinder **Sidi, Anuschka** und **Saskia** tatkräftig mitgeholfen. Vielen Dank dafür! Bedanken möchte ich mich auch bei **Simon** und **Sarah Hoehn** (16 + 18 Jahre), **Jaron** (10), **Nadine** (12), **Petra** (16) sowie **Sheona** und **Bigna Meier** für ihre wertvollen Anregungen. Und natürlich bei meiner Frau **Andi**, ohne die dieses Buch nie möglich geworden wäre.
Mein Dank geht ebenfalls an **Manuela Griffel** und **André Widmer** (Kriminalpolizei) sowie an **Simon Carrel, Claudia Bucheli** und **Titus Bürgisser** (Pädagogen), die es mir durch ihre sachkundige Beratung ermöglichten, die Story der Wirklichkeit entsprechend zu gestalten.
Nicht zuletzt möchte ich mich auch bei meiner Lektorin **Vera Hahn** und bei meinem Lektor und Freund **Christian Meyer** bedanken, der seit Beginn der Kaminski-Kids in sämtlichen Bänden entscheidende Impulse eingebracht hat.

Viel Spaß wünscht Euch allen

Carlo Meier
fanclub@kaminski-kids.com

Mitmachen und gewinnen:
Besuche die Kaminski-Kids auf **www.kaminski-kids.com**, fordere den kostenlosen E-Mail-Infobrief mit spannenden News und Gewinnspielen an und schau nach, was die Kids über sich selbst erzählen!
Autorenlesungen:
Viele Infos zu den Büchern, Hörspielen und Lesungen des Autors finden sich ebenfalls auf der Webseite www.kaminski-kids.com.

Carlo Meier

Die Kaminski-Kids:
Der große Weihnachts-Fall

Ein Kaminski-Kids-Sonderband
mit 24 Kapiteln

Mit Illustrationen von Matthias Leutwyler

fontis

Bibliografische Information der Deutschen Nationalbibliothek
Die Deutsche Nationalbibliothek verzeichnet diese Publikation
in der Deutschen Nationalbibliografie; detaillierte bibliografische
Daten sind im Internet über www.dnb.de abrufbar.

2. Auflage 2019

Umschlag und Illustrationen: Matthias Leutwyler, Luzern
Typographie Umschlag: David Grau, Brunnen Verlag Basel
Satz: InnoSet AG, Justin Messmer, Basel
Druck: Finidr
Gedruckt in Tschechien

ISBN 978-3-03848-184-3

MIX
Papier aus verantwortungsvollen Quellen
FSC® C014138
FSC
www.fsc.org

Kapitel 1

«Was? Ist das wahr?»

In der Diele des Kaminski-Hofs schauten Debora und Raffi ihren Bruder überrascht an.

Simon nickte. «Mirko wird wieder zurückkommen.»

«Aber der sitzt doch in Jugendhaft», wandte Debora ein. «Das versteh ich nicht ...»

«Er kriegt Urlaub. Das Gerücht hat sich jedenfalls heute an der Schule herumgesprochen.» Simon zog den Reißverschluss seiner Winterjacke hoch. «Aber jetzt lasst uns erst mal das Iglu fertigbauen.»

«Au ja!», strahlte Raffi.

Debora schüttelte ihre Gedanken an Mirko ab und öffnete die Tür.

Unternehmungslustig traten die drei Kids ins dichte Schneetreiben hinaus.

Auf dem Vorplatz jagte ihr Collie Zwockel großen Flocken nach und sprang dabei in die kalte Luft hoch.

«Da seid ihr ja!», rief Vater im Hof. «Ich hab schon mal mit dem letzten Teil angefangen.» Er war gerade dabei, einen Schneeklotz für die Lücke im Igludach zuzuschneiden.

Raffi musterte die runde Hütte zweifelnd. «Wird das auch ganz bestimmt nicht einstürzen, wenn wir drin sind?»

«Nein, das gefriert in der Nacht und hält dann wie zusammengeschweißt», erklärte Vater. «Da drinnen kann es richtig gemütlich werden. Man darf sogar eine Kerze anzünden.»

«Echt?», staunte die Kleine. «Das schmilzt nicht?»

«Vielleicht tropft es ein bisschen, aber das ist auch schon alles.» Vater zeigte auf den Schneeblock vor sich. «So, und nun rauf damit!»

Die Kids bückten sich und packten mit an. Gemeinsam hievten sie den Klotz hoch und setzten ihn oben auf die letzte Schicht, um die Halbkugel damit abzuschließen.

«Passt!» Simon glättete die Fugen und trat dann einen Schritt zurück. «So, das hätten wir!»

«Cool, echt!» Stolz betrachteten die Kids ihr Bauwerk.

«Essen ist fertig!», rief in diesem Moment Mutter aus dem Küchenfenster. «Iglu-Mannschaft reinkommen!»

Das ließen sich die Kids natürlich nicht zweimal sagen.

Alle eilten durch das Gestöber zum Haus und stiegen die Treppe hoch. Oben angekommen, klopften sie die Schuhe aus, traten in die warme Diele und hängten ihre feuchten Winterjacken auf.

«Ich freu mich richtig aufs Abendbrot», lächelte Vater.

«Und ich mich erst!» Die kleine Raffi rieb sich verschmitzt die Hände. «Ich hab Hunger für vier!»

Die ganze Familie versammelte sich am Esstisch in der Küche. Auch Opa und die Hausangestellte Silvia waren da. Alle gaben sich die Hände und schlossen so einen Kreis rund um den Tisch herum. Dann sangen sie gemeinsam das Tischlied: «Für Speis und Trank, fürs täglich Brot, wir danken dir, o Gott!»

«So!» Raffi konnte kaum mehr warten. «Guten Appetit!»

Der aromatische Duft der Kürbissuppe stieg dampfend aus den Tellern und verbreitete sich im ganzen Raum.

Die Kids tunkten Brotstücke hinein, und auch die anderen begannen genüsslich zu essen.

«Jetzt dauert's nur noch ein paar Stunden», eröffnete Debora zwischen zwei Löffeln. «Dann kommt Manuel übers Wochenende her!»

Manuel hatte mal als Pflegejunge bei den Kaminskis gelebt. Er war jetzt in einer großen Stadt und machte dort ein Praktikum in einem Arbeitsbetrieb, wo die Schnupper-Lehrlinge auch wohnten.

«Wann wird Manuel denn hier sein?», mampfte Raffi mit vollem Mund.

Simon schmunzelte. «Schluck erst mal runter, Raffi!»

Mutter, die das normalerweise sagte, lächelte ebenfalls.

«Kurz nach einundzwanzig Uhr», antwortete Debora. Ihre Augen leuchteten voller Vorfreude. «Er kann erst nach der Arbeit losfahren, deswegen wird es so spät.»

Opa räusperte sich. «Manuel wird sich bestimmt freuen, wenn es zu seinem Empfang hier eine Überraschung gibt.» Der alte Mann konnte fast nichts mehr sehen, hörte dafür aber umso besser und hatte jetzt wie so oft ein geheimnisvolles Lächeln im Gesicht. «Und ich muss sagen», schmunzelte er, «ich freue mich ebenfalls auf den Lebkuchen. Und natürlich auf Manuel!»

«Alles klar, Opa», grinste Raffi.

«Leider gibt es auch etwas weniger gute Nachrichten», murmelte Simon. «Heute trifft noch jemand anders im Dorf ein.»

Silvia und die Eltern schauten auf. «Wer denn?»

«Der frühere Anführer der *Banfits* – die Bande, die immer für Ärger in der Gegend sorgt», erklärte Simon. «Mirko soll im Jugendgefängnis Weihnachtsurlaub kriegen, um über die Festtage nach Hause zu kommen. Nun fährt er schon dieses Wochenende her – da wird sozusagen getestet, ob er später den Weihnachtsurlaub erhalten wird oder nicht. Wenn jetzt alles klappt, kriegt er die Bewilligung, sonst nicht.»

Die Kids hatten alles andere als gute Erinnerungen an Mirko. Der Junge saß seit längerer Zeit in Jugendhaft, weil er nach vielen Straftaten den Bogen endgültig überspannt hatte. In einer angezettelten Prügelei hatte er Simons besten Freund Loko krankenhausreif geschlagen. Loko war damals lebensgefährlich verletzt worden und hatte Glück gehabt, dass er keine bleibenden Schäden davontrug.

«Oh-oh», seufzte Raffi. «Mirko macht bestimmt wieder Zoff im Dorf!»

Debora biss sich auf die Lippe. «Und wie wird sich seine Rückkehr auf die anderen der Bande auswirken? Kehren die ihre miesesten Seiten hervor, sobald er wieder da ist?»

Vater sah die Kids nachdenklich an. «Vielleicht hat Mirko sich ja auch gebessert. Schließlich muss er in der Haft Programme besuchen, um an sich zu arbeiten. Da wäre es doch möglich, dass er sich wirklich verändert.»

«Mal schauen», meinte Simon zweifelnd. «Hoffen wir einfach, dass es im Dorf friedlich bleibt und nichts passiert, wenn Mirko wieder da ist.»

Zu diesem Zeitpunkt konnten die Kids noch nicht ahnen, dass in Wirklichkeit doch etwas geschehen würde – und zwar schon bald, sehr bald …

Kapitel 2

Die Kids räumten die Küche auf, nachdem sie mit Hilfe eines Rezeptes von Debora frischen Lebkuchen gebacken hatten. Nun duftete alles verlockend nach dem süßwürzigen Gebäck.

Debora schaute auf die Uhr. «Gleich ist es so weit! Manuel müsste jeden Moment hier sein.» Aufgeregt blickte sie in den Flur hinaus. «Alle sind für den Überraschungs-Empfang bereit. Aber wo ist Opa?»

«Keine Ahnung.» Raffi trocknete eines der letzten Teile des Backzubehörs ab, und Simon ließ das Spülwasser ablaufen. «Wo könnte Opa denn stecken?»

Haushälterin Silvia schmunzelte. «Kommt mit, ich führ euch zu ihm!»

«Du weißt es? Also, mach's nicht so spannend!»

Die Kids folgten ihr durch die Diele und am Bad vorbei nach hinten.

«Er führt ein wichtiges Gespräch», erklärte Silvia unterwegs. «Ich hab ihm geholfen, auf meinem Laptop-Computer eine Videotelefon-Verbindung herzustellen.»

Simon musterte sie fragend. «Was, Opa ist am Skypen? Mit wem spricht er denn?»

«Das werdet ihr gleich sehen.» Die Haushälterin klopfte an Opas Tür.

Von drinnen war die Stimme des alten Mannes zu hören: «Herein, herein, es wird ja wohl kein Geißbock sein!»

Silvia öffnete, und die Kids traten ein. Sie erblickten auf dem Bildschirm eine Frau, die sie bestens kannten.

«Tante Liliane!», strahlte Raffi. «Wie geht's in Marokko?»

«Hallo!», rief die Schwester von Frau Kaminski aus dem Laptop. Sie arbeitete in der afrikanischen Großstadt Marrakesch für ein Hilfswerk, das sich für die armen Kinder dort einsetzte. «Wie läuft's bei euch, Kids?»

Während die drei antworteten, rückte Opa etwas zur Seite. Er trug zum Videogespräch wie immer seinen Sonntagsanzug: «Ich muss doch gut angezogen sein, wenn ich schon mal ins Fernsehen komme!»

«Liliane», bat Debora, «bringst du an Weihnachten dann Fotos vom kleinen Salim mit? Und von Saida und Abdel?»

«Mach ich», versprach die Tante.

Das Hausmädchen Silvia sah die Kids fragend an. «Der kleine Salim – ist das nicht …?»

«Das süße Baby, das wir auf der Straße gefunden haben!», sprudelte Raffi heraus. «In der Gasse vor unserer Tür in Marrakesch. Bin gespannt, wie es ihm geht.»

Simon nickte. «Ich auch. Wenn Liliane an Weihnachten herkommt, wird sie bestimmt die ganzen Neuigkeiten dabeihaben!»

Wenig später saß Debora schlotternd auf der kalten Treppe draußen vor der Haustür. Dick in ihre Jacke gewickelt, wartete sie in der flockenstiebenden Dunkelheit auf Manuel. Immer wieder schaute sie auf ihr Handy, ob keine Nachricht von ihm eingetroffen war.

«Er sollte doch längst hier sein», bibberte sie vor sich hin. «Jetzt hat er schon zwanzig Minuten Verspätung. Hoffentlich ist ihm nichts zugestoßen ...»

Aus ihrem Mund stiegen kleine Dunstwolken auf. Die Welt sah aus wie in einer Schneekugel. Alles war mit einer flauschigen Schicht Weiß bedeckt.

Plötzlich bemerkte Debora einen schattenhaften Umriss am Rande des Hofs.

Die Gestalt kam näher.

War das Manuel?

Debora stand auf und spähte mit zusammengekniffenen Augen in das dichte Schneetreiben.

Und dann erkannte sie ihn. Ja, er war es!

Nun gab es kein Halten mehr. Sie rannte ihm entgegen und umarmte ihn stürmisch.

«Endlich! Du ...» Debora merkte, dass seine Kleider sie völlig nass machten. «Komm erst mal rein, Manuel.» Lachend nahm sie seine Hand und führte ihn ins Haus.

Drinnen schloss Debora die Tür schnell wieder, um die Kälte auszusperren.

Im warmen Flur wartete die ganze Familie.

«Hallo Manuel!», rief Raffi. «Du siehst ja aus wie ein tropfender Schneemann!»

Mutter betrachtete Manuel verwundert. «Ist was passiert?»

«Wieso?» Der braunäugige Junge mit den schwarzen Locken blickte an sich hinunter auf die patschnasse Jacke und Hose. «Es schneit wie verrückt», murmelte er verlegen.

Simon musterte die vollkommen durchnässten und schlammverspritzten Schuhe und Hosenaufschläge von Manuel. «Bist du gestürzt? Irgendwo reingefallen?»

«Nein, nein, bin ich nicht.» Manuel bückte sich, zog die Schuhe aus und sah sie sich von unten an. Einer seiner Schuhe hatte einen Riss in der Sohle. «Oh nein, der ist wohl im Eimer ...»

«Kein Problem», sagte Simon. «Du kannst ein Paar von mir haben. Meine vom letzten Jahr dürften dir wahrscheinlich gerade passen.»

«Super, danke.» Manuel schälte sich aus der triefenden Jacke. «Das Wetter ist schrecklich! So ein dichtes Schneetreiben hab ich schon lange nicht mehr erlebt. Ob ihr's glaubt oder nicht, ich hab mich sogar verlaufen.»

«Ich hab mich neulich auch verlaufen», erzählte Raffi. «Im Tante-Emma-Laden ging ich statt zu Mehl und Nüssen doch tatsächlich zum Süßigkeitenregal!»

Debora verdrehte die Augen. «Typisch Raffi!»

Alle lachten.

«Jetzt komm rein in die Wärme, Manuel», lud Vater den Jungen ein. «Ich würde vorschlagen, du gehst dich oben rasch umziehen. Und nachher setzen wir uns alle gemütlich ins Wohnzimmer.»

«Okay, gerne.» Manuel ging mit seiner Reisetasche zur Treppe.

«Ich stelle die kaputten Schuhe in den Keller», bot Debora an. «Zu den anderen alten Tretern, die auf die Entsorgung warten.»

«Gute Idee.» Simon schaute Manuel nachdenklich hinterher. Er mochte den Jungen wirklich, doch diese Sache hier kam ihm trotzdem ein wenig merkwürdig vor: Durchnässt bis auf die Haut, total verdreckt und verspritzt, ein Schuh kaputt, zwanzig Minuten zu spät, verlaufen in einer vertrauten Gegend ... Tja, Simon hatte ein seltsames Gefühl dabei. Irgendwas stimmte hier nicht.

Kapitel 3

Zwockel legte sich auf den Teppichboden in der wohlig warmen Stube. Simon setzte sich neben Manuel aufs Sofa, Raffi warf sich auf Manuels andere Seite. Debora ließ sich in den Sessel gegenüber sinken. Die Eltern, Opa und Silvia hatten ebenfalls Platz genommen.

«Das ist ja mega gemütlich», seufzte Manuel. «Vielen Dank für den schönen Empfang!»

Mutter lächelte. «Jetzt kannst du eine heiße Schokolade sicher gut vertragen zum Aufwärmen nach dem stürmischen Treiben draußen!»

«Ja, echt!»

Neben den dampfenden Tassen auf dem Tisch standen brennende Kerzen. Auf den Tellern lagen frische, lecker duftende Lebkuchenscheiben.

Vater beugte sich vor und nahm sich ein Stück. «Und nun schieß los, Manuel. Wie geht's? Du musst uns alles erzählen.»

«Danke, mir geht's gut.» Manuel schaute mit seinen dunklen Mandelaugen zu Debora hinüber. Sie senkte den Blick und drehte zwischen den Fingern das Kreuzchen an ihrem goldenen

Halskettchen, das sie von Manuel geschenkt bekommen hatte als Zeichen ihrer Freundschaft.

«Alles bestens», erklärte Manuel. «Ich darf nächstes Jahr wie geplant meine Schreiner-Lehre in dem Betrieb beginnen, wo ich jetzt das Praktikum mache.»

«Super!», rief Raffi.

«Glückwunsch», lächelte Mutter. «Schön, dass es klappt.»

«Und dieser Pedro?», fragte Simon. «Ist der mal wieder aufgetaucht? Und die anderen zwei Typen, Felipe und Raul?»

«Nein.» Manuel schüttelte den Kopf. «Die sitzen wahrscheinlich noch lange. So ein Tankstellenraub ist ja nicht gerade ohne ...»

Raffi schauderte beim Gedanken daran, was damals bei dem Raub in der Nacht alles hätte passieren können – und wie knapp es für Manuel und die Kids ausgegangen war ...

Manuel schien dasselbe zu überlegen. «Nicht auszudenken, wenn ich dort bis zum Schluss mitgemacht hätte und erwischt worden wäre. Aber am schlimmsten wäre es, wenn ich euch nie kennengelernt hätte.» Dabei schaute er erneut Debora an.

Ihr stieg eine feine Röte ins Gesicht, und sie fingerte noch heftiger am Kreuzchen herum.

Opa räusperte sich. «Ich bin auch froh, dich zu kennen, Manuel. Und jetzt freuen wir uns sehr aufs gemeinsame Weihnachtsfest!»

«Klar. Wobei ...» Manuel fuhr sich durch seine schwarzen Locken. «Mein größtes Geschenk hab ich bereits bekommen.»

«Echt?» Raffi sah ihn überrascht an. «Was ist es?»

«Dass ich wieder hier bei euch sein darf! Ein ganzes Wochenende lang.» Manuel lächelte Debora an – mit seinem scheuen Lächeln, das ein Strahlen in sein Gesicht zauberte wie ein Sonnenaufgang.

Wieder kriegten Deboras Wangen eine sanfte Farbe. Sie saß ganz still da und hörte zu, was Manuel erzählte. Und war glücklich. Und stolz auf ihn, dass er trotz seiner schwierigen Vergangenheit nicht aufgegeben hatte. Aufgewachsen bei mehreren Pflegefamilien und in Heimen und auf der Flucht untergetaucht in den Straßen einer großen Stadt, hatte er seine Chance doch noch ergriffen und ein neues Leben angefangen. Ein Leben abseits der schiefen Bahn …

Raffi stellte ihre Tasse ab. «Wir führen ein cooles Weihnachts-Musical auf, Manuel», erzählte sie im Kerzenlicht stolz. «Dieses Jahr reißen sich alle um die guten Rollen, weil sie ins Fernsehen kommen wollen.»

«Was?» Manuel schaute auf. «Ins Fernsehen?»

Simon nickte. «Der Regionalsender bringt jedes Jahr Ausschnitte aus der Weihnachts-Aufführung einer Schule in der Gegend. Und diesmal sind *wir* dran!»

«Jedes Kind vom ganzen Schulhaus kann in einem Bereich mitmachen», erklärte Raffi. «Entweder als Schauspieler oder als Kulissenbauer. Oder als Musiker in der Band, als Kleidernäher oder bei Licht und Technik.»

«Und was habt ihr gewählt?»

«Schauspieler», antwortete Debora. «Raffi spielt einen Engel, ich den Wirt einer voll belegten Herberge, und Simon ist der Moderator – er begrüßt das Publikum und spricht die Überleitungen zwischen den Szenen.»

«Meine Freundin Nina spielt einen Hirten», führte Raffi aus. «Und Julia wollte unbedingt die Hauptrolle von Maria, weil die ein Solo singen darf. Aber sie hat die Rolle nicht bekommen, weil die Wahl der Schüler auf Deboras Freundin Suila fiel. Deshalb war Julia ganz schön eingeschnappt.»

«Und wie!» Simon verzog den Mund. «Aber Julia ist jetzt zuständig fürs Schminken und die Ausstattung der Schauspieler.» Er nahm einen Schluck Schokomilch. «Für meine Rolle des Moderators standen zuletzt auch zwei Jungs in der Endauswahl: Kai und ich. Als die Wahl der Schüler auf mich fiel, ist Kai richtig ausgerastet und wollte gleich überhaupt nicht mehr mitmachen. Die Lehrerin konnte ihn dann später überreden, bei der Technik mitzuhelfen.» Simons Augen leuchteten. «Das Musical wird echt der Hammer, das musst du dir unbedingt ansehen, Manuel.»

«Klare Sache», lächelte Manuel. «Das lass ich mir auf keinen Fall entgehen!»

Inzwischen war es Zeit zum Schlafengehen. Manuel bezog das Gästezimmer unter dem Dach, wo er auch in seiner Zeit als Pflegejunge gewohnt hatte. Debora brachte ihm noch die Handtücher hoch.

Während sie die Treppe hinaufstieg, gingen ihr die Regeln zu ihrer Freundschaft mit Manuel durch den Kopf, die sie damals mit den Eltern abgemacht hatte. Sie würde sich auch weiterhin daran halten.

Manuel erwartete Debora auf der Türschwelle und strahlte sie aus seinen schönen Augen an.

Sie wusste einen Moment lang nicht mehr, was sie sagen wollte. Durch die offene Tür sah sie auf dem Nachttisch ein Bild von Manuels Mutter an einem Palmenstrand. Sie lebte mit ihren anderen Kindern auf einer karibischen Insel in Mittelamerika in der Stadt Santo Domingo.

Debora spürte Manuels Blick immer noch auf sich. Schnell hielt sie ihm den Stapel Handtücher hin. «Hier, für dich.»

Er griff danach und berührte dabei ihre Hand. So blieb er stehen, ohne den Stapel zu nehmen.

«Also dann ...», murmelte Debora verlegen. «Gute Nacht.»

Manuel schaute ihr wortlos in die Augen.

«Also», murmelte sie erneut. «Schlaf gut.»

In diesem Moment stapfte Raffi unten vom Erdgeschoss zum Mädchenzimmer hinauf. «Debbie, wo bleibst du denn?»

Damit war der Bann des Augenblicks gebrochen.

Debora ließ die Handtücher in Manuels Hand gleiten und wollte sich abwenden.

Doch er hielt sie zurück. «Warte!»

Rasch holte er im Zimmer etwas aus seiner Reisetasche und brachte es zur Tür. «Hier, ein Geschenk für dich!»

Er streckte ihr ein T-Shirt hin mit einem Palmenstrand darauf.

«Ein Shirt von dir», seufzte Debora berührt. «Genau wie ich's mir gewünscht hab. Super! Vielen Dank!»

«Gern geschehen.» Seine Augen leuchteten. «Schlaf gut.»

Er beugte sich vor und gab ihr einen sanften Kuss auf die Stirn. Dann ging er rein und machte die Tür zu.

Als Debora die Treppe hinabstieg, musste sie aufpassen, dass sie nicht stolperte, so weich waren ihre Knie. Sie drückte sich das T-Shirt an die Nase und atmete tief ein. Nun hatte sie Manuels Duft immer bei sich. Dieses Shirt würde sie nie waschen, so viel stand fest!

Sie schwebte auf Wolke sieben und hatte keinen Schimmer, dass Manuel schon bald in arge Schwierigkeiten geraten würde – genauso wie die Kids gleich mit ihm …

Kapitel 4

Am nächsten Morgen gingen die drei Kids unter blendend hellem Himmel durch den glitzernden Schnee zur Musical-Probe im Schulhaus. Manuel begleitete Herrn Kaminski auf einer Pflanzenlieferung. Vater war sehr froh um die Hilfe, da im Advent für Blumenhändler immer sehr viel zu tun war und auch Mutter und Silvia alle Hände voll zu tun hatten.

Als die Kids zum Schulhaus kamen, staunten sie nicht schlecht.

«Was ist denn hier los?»

Der Pausenhof war kreuz und quer mit Feuerwehrautos zugeparkt. Auch der Streifenwagen von Polizist Koller stand da. Feuerwehrleute in voller Montur eilten herum.

Aus dem Gebäude führten dicke schwarze Schläuche heraus und sprudelten Wasser in geöffnete Gullys.

«Da muss was Ernstes passiert sein», murmelte Simon. «Das ganze Wasser wird von drinnen rausgepumpt!»

In diesem Moment trat eine Lehrerin aus dem Schulhaus. Frau Wermelinger, die Leiterin der Musicalgruppe, war vollkommen aufgelöst.

Die Kids rannten zu ihr hinüber. «Was ist denn geschehen?»

Frau Wermelinger trottete an ihnen vorbei, als hätte sie die Frage gar nicht gehört. Sie wirkte völlig abwesend, wie unter Schock. Ein paar Schritte weiter schüttelte sie fassungslos den Kopf. «Jetzt haben wir so viel gearbeitet für das Musical. Und nun das ...» Blass stapfte sie davon.

«Lasst uns reingehen», schlug Simon vor. «Das müssen wir uns ansehen!»

Debora nickte entschlossen. «Okay.»

Doch Raffi war die Sache nicht ganz geheuer. «Meint ihr wirklich?» Bange ergriff sie Deboras Hand.

Gemeinsam traten die Kids ins Schulhaus und folgten den Wasserschläuchen. Diese verliefen um die Ecke und dann die Treppe hinab.

Unten im Gang zur Aula bedeckten seichte Pfützen den Boden.

«Oh-oh ...», machte Raffi.

Vorsichtig wateten die Kids durch die Wasserlachen. Dabei kamen sie an einem Seitenraum vorbei, der mit rot-weißem Polizeiband abgesperrt war.

Und dann, am Eingang des großen Saals, sahen sie es schließlich – das ganze Ausmaß der Verwüstung.

Der Boden der Aula stand komplett unter Wasser. Darin dümpelten Kulissen und wurden von feinen Wogen umhergeschwemmt.

Feuerwehrmänner holten die aufgeweichten Bühnenbilder heraus und legten sie ins Trockene. Weitere Einsatzkräfte wuselten in die Aula hinein und hinaus.

Gleich neben dem Eingang sprach die Schulleiterin mit Polizist Koller.

«Der Hausmeister hat mich angerufen», erklärte sie. «Ich bin eben erst gekommen. Schrecklich, wie das hier aussieht!»

«Allerdings», brummte Koller und wandte den Kopf. Dabei fiel sein Blick auf die Kids. «Geht bitte raus», forderte er sie auf. «Hier drin sollten so wenig Leute wie möglich sein – wegen der Spuren rundherum und im Gang. Die werden sonst zerstört.»

«Alles klar.» Die Kids musterten noch einmal die geflutete Aula und gingen zurück durch den Flur und dann die Stufen hinauf.

Oben in der Eingangshalle des Schulhauses setzten sie sich auf die steinerne Treppe. Da samstags kein Unterricht stattfand, waren außer den Musical-Kids keine anderen Schüler hier.

Wegen der Nässe drang ein muffiger Geruch aus dem Keller hoch. Der Motorenlärm vom Abpumpen dröhnte durch die Gänge.

«Üble Sache», murmelte Simon. «Die Aula ist wohl kaum mehr zu gebrauchen.»

«Was wird denn jetzt aus dem Musical?», fragte Raffi bedrückt. «Das hätte doch da drin aufgeführt werden sollen.»

«Keine Ahnung.» Debora blickte auf. «Was ist da wohl geschehen? Wieso ist die Aula überschwemmt?»

Simon hob die Schultern. «Wenn ich das wüsste ...»

In der Eingangshalle war es frostig kalt. Die Türen standen offen für die Schläuche, die das Wasser aus dem Untergeschoss nach draußen führten – und das bei der winterlichen Kälte ...

Um die Ecke hörten die Kids eine Stimme, die sie kannten.

«Hallo!», rief der Hausmeister. «Die Polizei wollte mich sprechen?»

«Ja», erwiderte Polizist Koller. «Kommen Sie bitte mit, hier versteht man ja sein eigenes Wort nicht.»

Der Hausmeister, die Schulleiterin und der Beamte traten näher und blieben knapp hinter der Ecke stehen. Gerade noch außer Sichtweite – so bekamen die Kids das Gespräch mit, ohne gesehen zu werden.

«Also», begann Polizist Koller drüben. «Erzählen Sie bitte ganz von vorne.»

«Da gibt's nicht viel zu erzählen», brummte der Hausmeister. «Ich habe am Morgen festgestellt, dass ein Fenster eingeschlagen war. Als ich nachsah, fand ich drinnen einen Gartenschlauch, der an die Wasserleitung im Werkraum angeschlossen und nach nebenan in die Aula gelegt worden war.»

«In Ordnung», sagte Koller. «Wann könnte der Einbruch etwa stattgefunden haben?»

«Das muss um einundzwanzig Uhr herum gewesen sein. Kurz davor habe ich meinen letzten Kontrollrundgang gemacht. Und das Wasser lief gemäß Feuerwehr dann die ganze Nacht über.»

«Einundzwanzig Uhr», wiederholte Koller. «Sind Sie sich da sicher?»

«Ganz sicher», antwortete der Hausmeister. «Ich mache meinen letzten Rundgang sonst meist später, so um zweiundzwanzig Uhr rum, wenn Vereine noch Räume im Schulhaus benutzen. Aber diesmal war das Haus leer. Deshalb hab ich schon früher Schluss gemacht. Wie gesagt um neun Uhr.»

«In Ordnung. Ist Ihnen sonst noch was Besonderes aufgefallen?»

«Etwas Besonderes ...» Der Hausmeister räusperte sich. «Ja. In dem Raum mit dem zerbrochenen Fenster lag ein Stein auf dem Boden. Mitten in den Glassplittern. Hab ihn nicht angerührt.»

«Gut so», meinte Koller. «Mit dem Stein hat der Täter das Fenster aufgebrochen. Dann fasste er nach innen, drehte den Fenstergriff und stieg ins Haus ein. Der Raum bleibt bis auf weiteres gesperrt.»

«Wie lange?», wollte die Schulleiterin wissen.

«Bis die Spurensicherung ihn wieder freigibt. Ich bestelle Fachleute vom Kriminaltechnischen Dienst. Die untersuchen das Einstiegs-Fenster, den Stein, den Gartenschlauch sowie den Wasserhahn auf Fingerabdrücke und DNA-Spuren. Zudem werden Schuhspuren sichergestellt, im Einstiegsraum und auf dem Weg zur Aula. Vorläufig darf also niemand die Aula und das untere Stockwerk betreten. Außer den Feuerwehrleuten natürlich. Aber auch die sind angehalten, so vorsichtig wie möglich zu sein.»

In diesem Augenblick traten durch den Haupteingang Freunde der Kids herein, die auch beim Musical mitmachten. Loko, seine Schwester Suila und Raffis beste Freundin Nina kamen auf die Kids zu.

«Hey!», rief Nina entgeistert. «Was ist denn hier los?»

Sofort schaute Polizist Koller um die Ecke. «Ich sagte doch, ihr sollt draußen warten! Ihr müsst jetzt alle das Gebäude verlassen. Sonst werden noch mehr Spuren zerstört, und wir können den Täter nie finden!»

«Alles klar.» Die Kids standen auf und verließen mit ihren Freunden die Eingangshalle.

Koller wandte sich an den Hausmeister. «Danke! Sie haben mir sehr geholfen.»

«Keine Ursache.» Der Mann stieg die Treppe hoch, und Koller ging zum Hauseingang, um von jetzt an nur noch Feuerwehrleute hineinzulassen.

Während er sich am Portal mit der Schulleiterin unterhielt, sprachen die Kids unten auf dem Vorplatz über die Sache. Sie konnten noch immer kaum fassen, was da geschehen war …

Kapitel 5

Die Kids standen mit ihren Freunden schlotternd im Schulhof. Obwohl sie in der Kälte allmählich klamme Füße bekamen, wollten sie hierbleiben, um möglichst noch mehr über die geflutete Aula zu erfahren.

Vom Dorf her kamen weitere Kinder der Musicalgruppe auf den Platz.

Tim, Kai und Julia von den *Banfits* sowie Nadine, die Tochter des Gemeindeschreibers, schauten ungläubig auf die Feuerwehrautos und den Streifenwagen. «Was geht denn hier ab, Mann?»

Simon hob die Schultern. «Wir wissen auch noch nichts Genaues.»

In diesem Moment hielt ein Auto vorne an der Straße. Ein Mann mit Filmkamera stieg aus, eilte zum Haupteingang und sprach die Schulleiterin und den Polizisten an. «Ich bin vom Fernsehen. Muss mir rasch die Aula ansehen, ob wir unsere Sendung hier durchführen können. Sonst müssen wir uns schleunigst eine andere Schule für unseren jährlichen Bericht suchen.»

Er wollte ins Haus treten, doch Polizist Koller hielt ihn auf. «Woher haben Sie so schnell von dem Schaden erfahren?»

Der TV-Reporter lächelte. «Ich habe Beziehungen im Dorf …»

«Aha.» Der Beamte nickte. «Aber Sie dürfen da drinnen keine Spuren zerstören.»

«Ich werde aufpassen.»

Nun lächelte Koller. «Ich komme mal besser mit. Folgen Sie mir.» Er führte den Mann ins Innere des Gebäudes.

Die Schulleiterin sah sich kurz um und ging dann zu den Kindern hinüber.

«Guten Morgen», eröffnete sie mit teilnahmsvoller Miene. «Tja, nun wird es wohl nichts mit dem Weihnachts-Musical. Ein Teil der Kulissen ist vollkommen zerstört, und die Aula ist als Vorführungsort nicht mehr zu gebrauchen. Wie's aussieht, muss der Bodenbelag komplett ausgewechselt werden. Es dauert ganz sicher bis nach den Weihnachtsferien, bis die Aula renoviert und wieder normal zu gebrauchen ist.»

Tim blickte auf. «Und die Fernseh-Übertragung? Ist die auch im Eimer?»

«Das hängt wohl davon ab, ob wir einen anderen Ort für die Aufführung finden werden», meinte die Schulleiterin. «Das dürfte allerdings in der Weihnachtszeit ziemlich schwierig werden.»

«Och, mano!», stöhnte Julia ungehalten. «Jetzt hab ich mich so darauf gefreut, ey!»

«Tut mir wirklich leid.» Die Frau seufzte. «Wenn ich es ändern könnte, täte ich es, glaubt mir. Trotzdem einen schönen Tag noch.»

Sie wandte sich ab und ging wieder zum Schulhaus zurück.

Kaum war sie weg, maulte Tim: «Welcher Trottel hat die Aula geschrottet, Mann?»

«Ich hab da was gehört», eröffnete Nadine, die Tochter des Gemeindeschreibers. «Es gibt zwei Verdächtige für die Tat.»

«Echt?» Simon musterte sie aufmerksam. «Wen denn?»

«Gestern Abend sind kurz vor neun zwei Jungs mit dem Bus im Dorf angekommen und zum Schulhaus gegangen.»

«Welche zwei Jungs?», wollte Raffi wissen.

«Der eine ist dieser Mirko aus der Jugendhaft», antwortete Nadine. «Von dem weiß man ja, dass er zu allem fähig ist.»

«Und der andere?»

«Ein Junge, der mal als Pflegekind im Dorf war – der hat auch schon einiges auf dem Kerbholz.»

«Vergiss es!», rief Debora. «Der war's ganz bestimmt nicht!»

Tim trat einen Schritt vor. «Und warum nicht, ey? Woher willst du das denn so genau wissen?»

«Weil er bei uns war», entgegnete Simon. «Außerdem hätte Manuel gar keinen Grund, so was zu tun.»

Die Tochter des Gemeindeschreibers wirkte nachdenklich. «Tatsache ist jedenfalls: Mein Vater hat Mirko und Manuel um neun in der Nähe des Schulhauses gesehen.»

«Na und», wandte Loko ein, «ist es jetzt verboten, sich in der Nähe des Schulhauses aufzuhalten?»

«Genau!», bekräftigte seine Schwester Suila. «Das hat doch überhaupt nichts zu bedeuten!»

Tim spuckte zu Boden. «Wann ist Manuel denn bei euch eingetroffen?»

«Er hat sich verlaufen», erklärte Raffi. «Deswegen ist er zwanzig Minuten zu spät gekommen.»

«Hört, hört», sagte Tim. «Das ist aber interessant!»

Kai hing bewundernd an Tims Lippen. Wie immer – er war schwer beeindruckt von dem Jungen.

«In dem Fall weiß ja gar keiner, wo Manuel während der Tatzeit war», lächelte Tim. «Genau dann, als es geschah, hat er sich angeblich verlaufen ... So ein Zufall!»

«Ja, das ist wirklich witzig, ey», grinste Julia fies. «Was hat der wohl in den fraglichen zwanzig Minuten gemacht? Einen hippen Schneemann?»

«Die Hausaufgaben!», stieß Tim hervor, und Kai prustete so laut los vor Lachen, als wäre das der lustigste Witz, den er je gehört hatte.

Simon verzog das Gesicht. «Ha, ha, ha», brummte er. «Aber Manuel ist ja nicht der Einzige, der mit dem Bus angekommen ist ... und Mirko ist viel verdächtiger als er.»

Tim ließ zur Abwechslung mal einen Speichelfaden zu Boden tropfen. «Das werden wir ja sehen. Falls Mirko beweisen kann, dass er zur Tatzeit woanders war, ist der Fall ja schon ziemlich klar ...»

«Yo, Mann.» Julia ließ eine Kaugummiblase platzen. «Dieser Manuel war's, ey!»

«Du kümmerst dich besser um dich selbst, Julia!», erhitzte sich Debora. «Das ist wieder mal typisch! Kaum ist was passiert, beschuldigst du schon irgendwen, noch bevor überhaupt jemand weiß, was wirklich geschehen ist!»

Simon legte Debora die Hand auf die Schulter. «Lass die doch quatschen. Der Verdacht ist einfach nur lächerlich.»

Zu Julia und den anderen sagte Simon: «Welchen Grund sollte Manuel denn haben, so was zu tun? Er ist die ganze Woche in der Stadt, kommt mal ein Wochenende her – was sollte er da für einen Anlass haben, ein Schulhaus unter Wasser zu setzen? Das ist doch albern!»

«Phü!» Julia zuckte die Achseln und blickte gelangweilt auf ihr pinkfarbenes Handy. «Was weiß ich. Keine Ahnung. Vielleicht wollte er mal den starken Mann spielen.»

«Das ist doch ...»

In diesem Moment kam Polizist Koller über den Schulhof auf die Kids zu und schaute dem Reporter hinterher, der wieder ins Auto stieg und davonfuhr.

«Hallo zusammen», grüßte der Streifenbeamte. «Falls jemand von euch letzte Nacht etwas beobachtet hat, wäre ich froh, er würde sich bei mir melden.»

Nadine hob die Hand wie in der Schule. «Ähm, mein Vater hat was beobachtet.»

«Ach ja?» Koller holte seinen Notizblock hervor. «Was denn? Und wann genau war das?»

«Um neun», antwortete Nadine schüchtern. «Er sah, wie Mirko und Manuel zum Schulhaus gingen.»

«Na und?», rief Debora. «Manuel hat sich verlaufen, deshalb ist er in die falsche Richtung gegangen – das ist alles!»

«Verlaufen?» Polizist Koller hob eine Augenbraue. «Dann kann also niemand bezeugen, wo Manuel zur Tatzeit war?»

Die Kids schauten sich betrübt an.

«Nein», antwortete Simon leise. «Das kann leider niemand bezeugen …»

Kapitel 6

Simon, Raffi und Nina nahmen Debora auf dem Schulhof etwas zur Seite. «Komm, wir gehen nach Hause», sagte Simon. «Die Sache klärt sich bestimmt bald auf, und dann wird auch klar, dass Manuel nichts damit zu tun hat.»

«Ganz sicher», pflichtete Raffi bei. «Es wird alles wieder gut.»

Debora antwortete nicht. Aber sie ging immerhin mit.

Sie konnte kaum fassen, dass Manuel plötzlich unter Verdacht stand. Noch dazu für ein so schweres Vergehen. Sie hatte die Verwüstung noch deutlich vor Augen, die das Wasser in der Aula angerichtet hatte. Und daran sollte Manuel schuld sein?

In den Schaufenstern rundherum blinkte ihnen bunte Weihnachts-Beleuchtung entgegen. Die Lichter und die großen gelben Sterne über der Dorfstraße passten so gar nicht zu Deboras Stimmung. Das alles wirkte irgendwie falsch, unwirklich …

Drüben im Schulhof bedankte sich Polizist Koller bei der Tochter des Gemeindeschreibers und machte sich auf den Weg zum nahen Rathaus. Er wollte die Aussage des Zeugen überprüfen, der Manuel und Mirko in der Nacht gesehen hatte.

Zügig stieg der Polizist die Stufen des Rathauses zum Portal hoch und trat ein. In der Eingangshalle verlangte er an der Anmeldung den Gemeindeschreiber zu sprechen.

«Einen Augenblick bitte.» Die Dame hinter dem Schalter wählte mit ihrem Telefon eine Kurznummer.

Derweil betrachtete Koller die Weihnachts-Plätzchen in der Schale auf der Theke. Er überlegte sich, ob er vielleicht eins nehmen sollte. Und wenn ja, welches.

Die Frau legte auf. «Er lässt ausrichten, dass er sich gleich jetzt vor der nächsten Sitzung kurz Zeit nimmt für Sie.»

«Danke.» Koller entschied sich für einen Zimtstern und griff danach.

Dann wandte er sich ab, schob das Plätzchen in den Mund und stieg die Treppe hoch.

Im ersten Stockwerk blieb er vor der Holztür neben der großen Zimmer-Palme stehen, schluckte den Bissen hinunter und klopfte an.

Sogleich ertönte von drinnen eine tiefe Stimme. «Herein!»

Der Gemeindeschreiber saß hinter einem breiten Pult, das mit Akten und Papieren übersät war.

Nach der Begrüßung kam Polizist Koller gleich zur Sache. «Herr Steinemann, wann und wo genau haben Sie in der Nacht Manuel und Mirko gesehen?»

«Es war Schlag neun», antwortete der Mann.

Koller hob eine Augenbraue. «Das wissen Sie noch so genau?»

Der Gemeindeschreiber nickte. «Ich hatte länger gearbeitet und machte um neun Schluss. Als ich gerade gehen wollte, sah ich durchs Fenster die beiden Jungs aus dem Bus steigen und in Richtung Schulhaus gehen. Ich hab mich gefragt, warum die denn da langgehen. Denn Mirko wohnt ja gar nicht da, und Manuel wollte bestimmt zu den Kaminskis und war somit auch auf dem falschen Weg.»

«Interessant», brummte Koller. «Ist Ihnen dabei vielleicht sonst noch was aufgefallen?»

«Hmm.» Herr Steinemann überlegte. «Ich weiß nicht, ob das wichtig ist, aber ...»

«Ja?»

«Nun, die beiden sind hintereinander und nicht nebeneinander gegangen. Das fand ich ein bisschen komisch. Es hat sogar fast so ausgesehen, als würde Mirko Manuel folgen. Aber das kann natürlich täuschen.»

«Hintereinander», wiederholte der Polizist gedankenvoll. «Und haben Sie gesehen, wo die beiden danach hingingen?»

«Leider nein. Sie sind aus meinem Blickfeld verschwunden, und ich bin nach Hause gegangen.»

Koller trat ans Fenster und schaute hinaus. Von hier konnte man das Schulhaus nicht sehen, bloß den Durchgang dorthin. Nachdenklich legte er einen Finger an die Lippen. Wohin die zwei Jungs gegangen waren, blieb also bis auf weiteres ein Rätsel …

Auf dem Kaminski-Hof fuhr der Lieferwagen der Blumenhandlung vor. Vater stieg aus und eilte zum Laden hinüber. «Mach erst mal Pause!», rief er Manuel auf dem Beifahrersitz zu. «Ich muss im Büro noch rasch ein paar dringende Anrufe erledigen. Geh du schon mal rauf in die Küche, dort gibt's was Heißes zu trinken – schön zum Aufwärmen!»

«Alles klar.» Manuel summte auf dem Weg nach hinten zur Hecktür. Er zog seine mit Erde verschmierten Arbeitshandschuhe aus und legte sie auf die Ladefläche.

Da sah er die Kids kommen und ging auf sie zu. «Hallo! Schon fertig mit der Probe?»

Strahlend wollte er Debora umarmen. «Na, wie lief's? Konntest du deinen Text auswendig?»

Sie machte einen Schritt rückwärts. «Manuel …»

«Was ist denn?», fragte er überrascht. «Ist was passiert?»

Sie nickte ernst.

«Was denn?»

«Die Aula!», platzte Raffi heraus. «Jemand hat sie unter Wasser gesetzt!»

«Was?» Manuel schaute sie erstaunt an. «Wie das denn?»

Aufgeregt erzählten nun alle Kids durcheinander, was geschehen war.

«Und das Schlimmste kommt erst noch», schloss Debora. «Die sagen, du warst es!»

«Wie bitte?» Erschrocken blickte Manuel auf. «Ich? Was soll ich denn damit zu tun haben? Das ist jetzt aber ein Scherz, oder?»

Simon verzog die Lippen. «Leider nicht.»

«Ich wär ja blöd, so was zu tun», wandte Manuel ein. «Ich will doch nicht meiner Gastfamilie schaden, und schon gar nicht meiner Freundin, die bei dem Musical mitmacht!»

«Das glauben wir ja auch», versicherte Debora. «Aber das Problem ist, dass sie im Dorf behaupten, du seist ein Verdächtiger, weil du zu spät hergekommen bist und somit unklar ist, wo du zur Tatzeit warst.»

Simon betrachtete den Jungen aufmerksam. «Hast du in der Nacht unterwegs irgendjemanden gesehen? Jemanden, der bezeugen könnte, dass du zur Tatzeit nicht im Schulhaus warst?»

«Nein ...» Gedankenvoll schüttelte Manuel den Kopf. «Nicht, dass ich wüsste.»

«Wo genau bist du denn gewesen, dass du derart verdreckte Kleider und schlammverspritzte Schuhe hattest?»

«Ich kann mich nicht erinnern.» Manuel wandte sich ab und

begann, aus dem Lieferwagen leere Kistchen auf den Boden zu stellen.

«Vielleicht weißt du noch irgendwas, das wir erkennen würden, sobald du uns davon erzählst», schlug Raffi vor. «Ein Baum, ein besonderes Haus oder sonst was – dann wüssten wir, wo das ist.»

«Ich habe in dem Schneetreiben kaum was gesehen», murmelte Manuel. «Es ist gut möglich, dass ich auf dem Weg von der Bushaltestelle in der Nähe des Schulhauses vorbeigekommen bin …»

Debora seufzte. «Schade, dass du's nicht mehr weißt. Dann hast du keine Zeugen für die Tatzeit und stehst weiterhin unter Verdacht.»

In Manuels Blick veränderte sich etwas, als würde er innerlich eine Schleuse dicht machen. Stumm rückte er auf der Ladefläche Heckenscheren und Schaufeln zurecht, ordnete Werkzeug, kramte herum und starrte ins Leere.

Simon musterte ihn nachdenklich. Irgendwie wurde er einfach das Gefühl nicht los, dass Manuel etwas verschwieg – oder dass der Junge irgendwas zu verbergen hatte …

Kapitel 7

Debora fasste Manuel am Arm und lächelte ihm zu. «Hey, ich glaube dir doch, dass du mit dem Einbruch nichts zu tun hast!»

«Ist ja klar», bekräftigte Raffi. «Gar keine Frage! Wir müssten es einfach irgendwie beweisen können ... Bloß, wie?»

Zwockel kam plötzlich über den Hof gerannt und schmiegte sich an Manuels Beine. Endlich hellte sich die Miene des Jungen etwas auf.

«Tja.» Simon nagte an seiner Lippe. «Der beste Beweis für Manuels Unschuld wäre natürlich, wenn wir den wahren Täter finden würden.»

«Da brauchen wir wohl nicht lange zu suchen», meinte Debora. «Das war doch ganz bestimmt Mirko! Kaum ist der im Dorf, ist wieder was passiert!»

«Sieht ihm ähnlich», pflichtete Raffi bei. «War auch gar nicht anders zu erwarten.»

Simon nickte. «Als Erstes müssen wir überprüfen, ob jemand bezeugen kann, wo Mirko um neun Uhr war – also, ob er ein Alibi für die Tatzeit hat oder nicht. Wer könnte das wissen?»

«Am besten gehen wir mal zu ihm nach Hause», schlug Debora vor. «Dort fragen wir seinen Vater, wann genau Mirko in der Nacht heimgekommen ist.»

«Gute Idee!», rief Raffi. «Wollen wir gleich losziehen?»

«Immer mit der Ruhe», lächelte Simon. «Erst gibt's jetzt eine Aufwärmpause. Und danach statten wir Mirkos Vater einen Besuch ab.»

«Und ich geh noch mal mit eurem Vater auf Lieferung», erklärte Manuel. «Das hab ich ihm vorhin versprochen. Da wusste ich ja noch nicht, dass eure Musical-Probe ins Wasser fällt. Im wahrsten Sinn des Wortes ...»

Als die Kids etwas später bei Mirkos Wohnblock eintrafen, begann es leicht zu schneien. Die grauen Häuser ragten in den tiefhängenden Himmel. Auf der Betonwand neben den Briefkästen prangte ein Graffito mit dem verblassenden Schriftzug der Banfits.

Grau wie der Himmel und die kahlen Blocks war auch der Vorplatz. In der Siedlung schienen viele Menschen zu leben – sehen konnte man hingegen überhaupt niemanden. Nur die bunte Plastikschaufel auf einem kleinen Hügel aus schmutzigem Schnee wies darauf hin, dass hier auch Kinder wohnten.

Oben im ersten Stock bewegte sich hinter einem Vorhang der Umriss eines Mannes.

Ein neugieriger Nachbar.

Sonst blieb alles still in der düsteren Vorstadt-Landschaft.

Das einzige Außergewöhnliche war der Streifenwagen vorne an der Straße.

«Polizist Koller ist uns zuvorgekommen», murmelte Simon. «Jetzt wird natürlich niemand mehr mit uns reden, nachdem man schon mit der Polizei gesprochen hat.»

Debora nickte. «Wir könnten vielleicht reingehen und sehen, ob wir irgendwas aufschnappen. Wer weiß ...»

«Genau!» Raffis Augen leuchteten. «Versuchen wir's!»

«Okay.»

Die drei huschten zum Eingang, öffneten die zerkratzte Tür und traten ins Gebäude.

Im Treppenhaus hörten sie von oben Stimmen. Eine davon gehörte Polizist Koller.

Vorsichtig spähten die Kids hinauf.

Der Beamte stand einige Stockwerke über ihnen vor einer Tür und sprach gerade mit Mirkos Vater.

Simon hob den Finger an die Lippen.

Leise pressten sich die Kids an die Mauer und lauschten aufmerksam.

«Und Sie sind sich da ganz sicher?», fragte Koller.

«Ja, klar bin ich sicher», antwortete der Vater. «Mirko war

wenige Minuten nach Ankunft des Busses hier. Wir haben das auch mit seinem Betreuer so festgelegt: Pünktliches Erscheinen gehört zu den Regeln, die Mirko einhalten muss, um weiterhin Hafturlaube zu bekommen. Damit war er selber einverstanden, und er hat sich auch daran gehalten.»

«Gut, vielen Dank für die Auskunft», sagte der Polizist. «Falls noch mal was ist, melde ich mich. Auf Wiedersehen.»

«Wiedersehen. Schönen Tag noch.» Die Wohnungstür wurde geschlossen.

Polizist Kollers Schritte näherten sich. Er kam die Treppe herunter.

«Los», flüsterte Simon. «Kommt!»

Schnell schlichen die Kids zum Ausgang.

So leise wie möglich öffneten sie die Tür und verließen das Haus.

Draußen huschten sie um die Ecke, kauerten sich hinter den schmutzigen Schneehügel und linsten zum Eingang hinüber.

«Mirko hat leider ein Alibaba», murmelte Raffi. «Das ist gar nicht gut ...»

Simon musste trotz der angespannten Stimmung schmunzeln. «Du meinst ein *Alibi*, Raffi. Also eine Bestätigung, wo Mirko zur Tatzeit war.»

«Ja, genau das! Ein *Alibi*.»

«Aber das kommt doch von seinem Vater», wandte Debora ein. «Der will bestimmt seinen Sohn schützen und gibt ihm deshalb vielleicht ein falsches Alibi.»

Simon nickte. «Möglich. Wie könnten wir denn eine zweite

POL

Aussage erhalten? Ein Alibi, auf das man wirklich zählen kann?»

«Mirkos älterer Bruder Mario ...» Debora verstummte, weil Polizist Koller in diesem Moment aus dem Wohnblock trat. Der Beamte schritt nach vorne zum Streifenwagen an der Straße.

Als der Polizist außer Hörweite war, sprach Debora leise weiter. «Mirkos Bruder Mario macht auswärts eine Ausbildung. Aber er ist zweimal pro Woche abends hier, um nach seinem Pferd zu sehen und es auszureiten. Seine Stute steht auch auf Heinemanns Pferdefarm – wie meine Fanny. Mario war am Abend sicher hier und könnte bestätigen, wann genau Mirko nach Hause gekommen ist.»

Simon schaute sie zweifelnd an. «Der Bruder würde Mirko wohl genauso in Schutz nehmen wie sein Vater und es nicht verraten, wenn Mirko zu spät heimgekommen wäre.»

Debora schüttelte den Kopf. «Ich hab beim Reiten schon ein paarmal mit Mario gesprochen. Dem ist es total peinlich, was Mirko alles anstellt. Er hat sich immer mega geschämt für seinen Bruder. Mario ist ein ganz anderer Typ, der würde bestimmt nicht lügen, da bin ich sicher.»

Vorne an der Straße wurde der Streifenwagen gestartet. Polizist Koller fuhr davon.

Die Kids warteten eine Weile, bis das Motorengeräusch in der Ferne verklang.

Dann standen sie auf und wischten sich den Schnee von den Hosen.

«Okay», sagte Simon schließlich. «Wenn du Mario vertraust,

kommen wir wieder her, sobald er das nächste Mal da ist. Dann werden wir ja rausfinden, ob Mirko wirklich ein echtes Alibi für die Tatzeit hat oder nicht.»

Debora nickte ernst. «Hoffen wir, er hat keins. Sonst bleibt Manuel nachher noch als einziger Verdächtiger übrig …»

Kapitel 8

Auf dem Kaminski-Hof saß am nächsten Tag die ganze Familie nach dem Sonntagsbraten noch gemeinsam am Mittagstisch. Natürlich waren auch Manuel und Silvia da, und natürlich stand noch immer der Anschlag auf die Aula im Mittelpunkt des Gesprächs.

«So schade», seufzte Debora. «Das Musical wäre ganz bestimmt klasse geworden!»

In diesem Moment klingelte im Flur das Telefon. Raffi sprang auf und rannte durch die Küche hinaus, um abzuheben.

Zuerst hörte sie eine Weile lang bloß zu.

«Au ja!», rief sie dann plötzlich. «Also, bis gleich!»

Aufgeregt kam die Kleine zurück. «Das war Frau Wermelinger!», erzählte sie. «Die Leiterin der Musicalgruppe und die Lehrer wollen versuchen, das Musical trotz allem aufzuführen. Die verpasste Probe wird heute Nachmittag nachgeholt!»

«Toll! Aber ...» Mutter furchte die Stirn. «Können denn am Sonntag alle zur Probe kommen?»

«Frau Wermelinger meint, ja. Wegen der außergewöhnlichen

Umstände und der knappen Zeit bis zur Aufführung hätten alle zugesagt. Bei uns hat sie zuletzt angerufen.»

Debora strahlte, und Simon hob den Daumen. «Das ist ja Hammer!»

«Echt, nicht?» Raffi konnte es selbst kaum glauben. Sie hatte die Hoffnung schon fast aufgegeben. «Die Lehrerin sagte, man versuche die Kulissen rechtzeitig wieder hinzukriegen. Vielleicht schaffe man es mit vereinten Kräften! Schwierig könnte es aber werden, einen Ersatz-Ort für die Aufführung zu finden. Wegen Weihnachten sind viele Säle im Dorf bereits vergeben.»

Vater blickte hoch. «Im Klassenzimmer könnt ihr das Musical nicht aufführen?»

«Da wäre viel zu wenig Platz für das Publikum. Es müsste ein viel größerer Raum sein. Wir sollen alle die Augen und Ohren offen halten, ob wir was Geeignetes spitzkriegen würden.»

«Okay, machen wir», sagte Mutter.

«Jedenfalls freu ich mich riesig auf die nächste Probe!» Debora schaute erwartungsvoll zu Manuel. «Kommst du diesmal auch mit und siehst zu?»

Der Junge dachte kurz nach und schüttelte dann den Kopf. «Ich würde ja gerne, aber ich hab diese Woche noch ein Referat und muss es dringend vorbereiten. Besser, ich erledige die Schularbeiten, während ihr weg seid.»

Als er Deboras Enttäuschung bemerkte, fügte er schnell hinzu: «Ich freue mich voll auf die Weihnachts-Aufführung. Die lass ich mir natürlich nicht entgehen!»

Wenig später trafen sich die Kids mit ihren Freunden im Schulhaus. Ausnahmsweise fanden die Proben diesmal im Klassenzimmer von Simon und Loko statt.

Als die Kids in dem großen Raum Suila und Loko sahen, streckten sie sich die Hände entgegen und klatschten sich zur Begrüßung ab.

Die Mädchen musterten neugierig das Schulzimmer der Jungs. Auf der Fensterbank standen Computer, die Wände waren mit Postern aus Afrika geschmückt.

«Unser Lehrer war in den Sommerferien auf Safari», erzählte Loko. «Seither ist er totaler Afrika-Fan. Die Bilder hat er alle selber geknipst.»

Auf dem Lehrerpult lag neben einer großen Schale mit Nüssen, Mandarinen und Schokokugeln eine Grußkarte vom Klassenlehrer: *Hier ein paar Stärkungen für die Pause. Ich wünsche der ganzen Truppe trotz der widrigen Umstände viel Erfolg und Freude!*

Die Theaterleiterin las die geschwungene Aufschrift und strahlte gerührt. «Das ist aber nett!»

Derweil machten sich Loko und Suila in einer Ecke für den Probendurchgang bereit. Loko kleidete sich als Josef ein, Suila schob sich für ihre Rolle als schwangere Maria ein Kissen unters Kleid.

«Super, dass ihr auch mitmachen dürft», lächelte Debora. «Andere Kinder vom Schulhaus haben von ihren Eltern keine Erlaubnis gekriegt, weil Weihnachten ein christliches Fest ist.»

Loko nickte. «Vater sagte, wir leben in diesem Land – und deshalb machen wir auch mit. Wir haben zwar nicht denselben Glauben, aber auch in unserer Religion ist Jesus ein wichtiger Prophet.»

«So, alles bereit machen!», rief Frau Wermelinger. «Die Probe beginnt!»

Im Musikraum unter dem Schulhausdach spielte die Musical-Band eine rockige Version des Liedes *Der Stern von Bethlehem*.

Während Gitarrist Ergün noch die Treppe hochstieg, hörte er schon von oben den Bass und das Schlagzeug wummern. Die Stimme seiner Freundin hallte durch die Gänge.

Ergün kam gerade an einer engen Stelle vorbei, als er plötzlich stehenblieb. Er konnte nicht weiter. Jemand verstellte ihm den Weg.

Mirko, der frühere Bandenboss der Banfits, baute sich vor ihm auf.

Ergün war ein kräftiger Typ, aber Mirko war noch größer und stärker. Falls Mirko es darauf anlegte, hätte Ergün keine Chance gegen ihn.

Mirko lächelte kühl. «Hallo, Ergün.»

Ergün schluckte. «Hey, Mirko ...»

«Sag mal», begann Mirko mit gefährlich leiser Stimme. «Als du damals noch bei den Banfits warst ... Damals, als wir Loko und Simon vermöbelten und dabei mit dem Handy filmten ... Da hast du gesagt, wir sollten das nicht tun und die Finger davon lassen. Stimmt doch, oder?»

Ergün sah ihn abwartend an. Er hatte keine Ahnung, worauf Mirko hinauswollte.

Doch der breitschultrige Junge durchlöcherte ihn fast mit seinem Blick. «Hast du doch gesagt, oder, Mann?»

«Äh ...» Ergün räusperte sich. «Ja, schon.»

«Du hast Recht gehabt, ey», versetzte Mirko.

«Wie meinst du das jetzt?» Ergün war sich nicht sicher, ob Mirko ihm gleich eine verpassen würde oder was. Für sich selbst wusste Ergün ja ganz genau, dass er damals Recht gehabt hatte. Dass es für ihn besser ausgegangen war als für die Banfits, weil er bei der Schlägerei nicht mitgemacht hatte. Deswegen war er um eine saftige Strafe herumgekommen. Ganz im Gegensatz zur Bande, die hatten alle mächtig was aufgebrummt ge-

kriegt. Vor allem Mirko mit seiner langen Jugendhaft. Doch Ergün fragte sich, ob es schlau wäre, das hier an die große Glocke zu hängen. Sag ich was Falsches, dachte er, dann verprügelt mich der Typ womöglich noch ...

«Wie ich das meine?» Mirko verschränkte die Arme vor der Brust und blickte hoch in Richtung Musikraum. «Was machst du denn da oben, ey?»

Ergün schaute ebenfalls hinauf. Die Sängerin rappte gerade eine Hip-Hop-Version von *Stille Nacht*, und ihre Stimme hallte durch die Stockwerke.

«Na, was wohl?», antwortete Ergün ausweichend. Er wusste noch immer nicht, was Mirko eigentlich vorhatte. Zögernd hob er die Schultern. «Ich spiele mit der Band und probe fürs Weihnachts-Musical ...»

«Eben, Mann», lächelte Mirko. «Du hast deinen großen Auftritt, und alle applaudieren dir. Und ich? Ich geh zurück in den Knast.» Abschätzig verzog er den Mund. «Siehst du, ich sag's dir doch: Du hast Recht gehabt. Das wollte ich dir bloß sagen. Das ist alles.»

«Na ja ...» Ergün entspannte sich ein wenig. «Das mit dem großen Auftritt ist noch nicht so sicher. Vielleicht kann das Ganze gar nicht stattfinden, weil irgend so ein Verrückter die Aula unter Wasser gesetzt hat.»

«Irgend so ein Verrückter, was?» Mirko nickte langsam.

Dann drehte er sich um und trat zur Treppe. Auf der obersten Stufe brummte er: «Ich weiß, wer's war.»

«Echt? Wer denn?»

«Ich verrate nie jemanden», sagte Mirko über die Schulter. «Das ist meine oberste Regel.»

«Aber wenn du's weißt, musst du es unbedingt der Schulleiterin oder der Polizei erzählen!»

«Die glauben mir sowieso kein Wort, ey.» Ohne zurückzublicken, stieg Mirko die Treppe hinunter. «Tschau. Mach's gut.»

Ergün schaute ihm so lange nach, bis Mirko um die Ecke verschwunden war.

Kapitel 9

Im Kostüm eines Gasthof-Wirtes öffnete Debora die Schulzimmertür, als Loko bei der Musical-Probe anklopfte.

«Guten Tag», begann Loko in seiner Rolle als Josef. «Wir suchen ein Zimmer!»

«So, so.» Debora furchte die Stirn und schüttelte den Kopf. «Tut mir leid. In unserem Gasthaus ist alles belegt.»

«Na, dann ... Auf Wiedersehen.» Mit hängenden Schultern trottete Loko zu Suila, die sich als schwangere Maria mit ihrem gepolsterten Bauch gegen die Wand lehnte. «Schon wieder nichts», seufzte er. «Ganz Bethlehem ist voller Leute. Kein einziges Plätzchen ist mehr frei für uns.»

Suila senkte traurig den Kopf. «Was sollen wir denn jetzt tun? Wir brauchen dringend eine Unterkunft – ich glaube, es ist bald so weit.»

«Gut!», rief Frau Wermelinger.

Die Leiterin trat vor und rückte das Kissen unter Suilas Kleid zurecht. «Suila, du dürftest noch etwas erschöpfter wirken. Maria ist ja schließlich schon sehr lange unterwegs und zusätzlich durch die Schwangerschaft entkräftet.»

Suila nickte. «Okay.»

«Hört mal alle zu.» Frau Wermelinger schaute in die Runde. «Kleiner Geheimtipp: Wenn ihr beim Spielen nervös seid, steckt irgendwas in die Tasche, an dem ihr rumfingern könnt, um die Aufregung zu dämpfen.»

Lächelnd klatschte sie in die Hände. «So, und jetzt proben wir die Szene, wo der Engel den Hirten erscheint.»

Die Lehrerin blickte Nina, Nadine und einen Jungen an. «Ihr Hirten müsst euch vorstellen, ihr sitzt die ganze Nacht draußen auf dem Feld. Es ist kalt und auch ein wenig unheimlich. Der Magen knurrt, ihr habt Hunger, weil ihr arme Leute seid – Hirten waren damals die unterste Schicht der Gesellschaft. Da draußen ist es manchmal auch gefährlich. In der Gegend treiben sich heulende Wölfe und andere wilde Tiere rum. Und in diese Situation hinein taucht nun der Engel auf. Durch all das ist natürlich völlig klar, was dann passiert.»

Die Kinder verfolgten gespannt, wie die Leiterin das Textbuch aufschlug und eine Stelle daraus vorlas: «Da kam ein Engel zu ihnen, *und sie fürchteten sich sehr.*» Sie schaute auf. «Da hört ihr's: Die Hirten erschrecken, wenn sie den Engel sehen, und haben erst mal mächtig Angst vor ihm.»

«Alles klar», sagte Nina in ihrem Hirtenkostüm.

«Okay. Gut, auf die Plätze.» Frau Wermelinger ging zum Lehrerpult und schaltete eine CD ein. Glöckchen erklangen, entfernt heulte ein Wolf schauerlich auf.

In der Mitte des Zimmers standen einige Schafe mit Beinen

aus Papprohren und weißem Stoffmaterial, die in aufwändiger Arbeit im Werkunterricht gebastelt worden waren.

Die Hirten Nina, Nadine und der Junge stellten sich dazu.

«Auftritt Engel!», rief die Lehrerin.

Raffi kam durch die Tür herein. Die Kleine trug ein weißes Kleid und auf dem Kopf einen mit Bügeln befestigten Heiligenschein.

Nina, Nadine und der Junge bemühten sich nach Kräften, erschrockene Gesichter aufzusetzen.

Doch Raffi wirkte in ihrem Engelskostüm nicht wirklich furchteinflößend.

Als die Kleine nun ernst sagte: «Habt keine Angst!», knieten sich die drei Hirten schnell nieder, um ihr Schmunzeln zu überspielen. Erneut versuchten sie, möglichst verängstigt dreinzuschauen.

Raffi holte tief Luft und sprach feierlich: «Ich habe eine große Freudenbotschaft für euch und für das ganze Volk. Heute ist euch der Retter geboren worden: Christus, der Herr! Ihr werdet ein Baby … äh, nein, nicht schon wieder!»

Jetzt mussten die Hirten endgültig lachen.

«Nicht *Baby*!», rief die Leiterin. «Ein *neugeborenes Kind!*»

«Ich weiß!», stiess Raffi hervor. «Jedes Mal sag ich das falsch!»

Die Kleine verzog die Lippen. «Ja Pingu!» Das sagte sie immer, wenn sie etwas nervte.

Doch dann nahm sie sich zusammen, setzte wieder eine ernste Miene auf und machte weiter. «Ihr werdet ein *neu-*

geborenes Kind finden. Es liegt in Windeln gewickelt da in der Krippe.»

In der Ecke erklang Applaus. Simon, Debora, Loko und Suila klatschten und riefen: «Super, Raffi!»

«Na ja.» Frau Wermelinger lächelte. «Da werden wir noch einiges zu proben haben. Aber ihr seid gut unterwegs, Kinder. Die Sache macht Spaß mit euch!»

Nach dem Abendessen auf dem Kaminski-Hof rückte der Abschied von Manuel näher. Der Junge musste wieder zurück zu seiner Praktikums-Stelle in der Stadt. Mit gepackter Reisetasche stand er in der Diele und strich sich seine schwarzen Locken aus der Stirn.

«Ist ja nur für eine Woche», murmelte er.

Deboras Miene hellte sich etwas auf. «Ja, und dann bleibst du bis Weihnachten!»

«Wir halten dich auf dem Laufenden, Manuel», versprach Simon. «Wenn sich was tut wegen des Einbruchs oder des Verdachts gegen dich, melden wir uns sofort.»

Manuel nickte. «Okay, alles klar.»

Haushälterin Silvia machte sich bereit, um Manuel zur Bushaltestelle zu fahren, damit er sich nicht wieder verlief. Derweil begleitete Debora ihn schon mal vors Haus hinaus.

Draußen in der Dunkelheit war es eisig kalt. Auf der Treppe stiegen kleine Atemwolken aus ihren Mündern auf.

Manuel sah Debora in der sternenklaren Nacht an. Eigentlich hätte er sie gerne umarmt. Und sie gerne fest an sich gedrückt und ihr gesagt, wie viel sie ihm bedeutete. Aber er war sich nicht sicher, ob sie für ihn noch dasselbe empfand. Und so ließ er es bleiben.

Er räusperte sich. «Ich hab mich so gefreut auf die Tage hier. Ein wunderschönes Wochenende mit dir. Und jetzt ist alles ganz anders geworden ...»

«Ich hatte mich auch gefreut.» Sie musterte ihn abwartend. Irgendwie hatte sie immer noch das seltsame Gefühl, dass er ihr etwas verschwieg. Die Zweifel gingen einfach nicht weg. Im Gegenteil, sie nagten immer mehr an ihr. Schließlich fasste sie sich ein Herz und fragte ihn. «Du, hör mal, gibt es irgendwas, das du mir mitteilen solltest?»

Er wich ihrem Blick aus. «Ich kann auch nicht mehr sagen, als ich schon getan habe. Ich war's nicht.»

Sie musterte sein Gesicht. Schwieg.

Er hob den Kopf und schaute ihr direkt in die Augen. «Soll ich überhaupt kommen an Weihnachten? Mag man mich hier überhaupt noch? Oder schämt man sich für mich?»

«Natürlich sollst du kommen!», antwortete sie schnell. «Selbstverständlich bist du willkommen. Das ist doch gar keine Frage!»

Sie nahm seine Hände in ihre. «Ich halte zu dir, was auch geschehen mag.»

Er sah sie mit seinen schönen braunen Augen an. «Ich war's nicht», sagte er ernst. «Glaubst du mir das?»

Sie stellte sich auf die Zehenspitzen und legte ihre Stirn an seine. «Manuel ...»

«Ja oder nein?»

In diesem Moment ging knarrend die Haustür auf, und Silvia kam heraus.

Neben ihr schlüpfte Zwockel durch den Türspalt und schmiegte sich an Manuels Beine.

Der Junge beugte sich nieder. Liebevoll knuddelte er den Collie. «Guter Hund. Ja, du bist ein lieber Kerl.»

Danach richtete sich Manuel wieder auf und nickte Debora zu. «Also, bis dann.»

Ohne ein weiteres Wort wandte er sich ab und stapfte die Treppe hinunter.

Debora winkte ihm nach, während er Silvia zum Auto folgte.

Doch der Junge drehte sich nicht mehr um.

Kapitel 10

Als Manuel und Silvia weggefahren waren, versammelte sich die ganze Familie im Wohnzimmer. In dem behaglich warmen Raum duftete es nach Mandarinen und Tannenreisig.

«Lasst uns über etwas sehr Wichtiges sprechen», eröffnete Vater.

Raffi sah ihn erwartungsvoll an. «Worüber denn?»

«Über Weihnachtsgeschenke.»

«Klasse!», rief Raffi. «Das ist wirklich sehr wichtig!»

Simon und Debora schmunzelten.

«Okay.» Mutter richtete sich auf. «Wir machen es wie alle Jahre – jedes Familienmitglied bekommt *ein* Geschenk. Natürlich auch Silvia, Manuel und meine Schwester Liliane, die über die Festtage bei uns sein wird.»

«Wir ziehen nachher ein Los», erklärte Vater. «Darauf steht, wem man etwas schenken darf. So kriegt jeder ein Geschenk, und keiner weiß, von wem er seins erhalten wird.»

«Aber was ist mit den Losen, die übrigbleiben?», wandte Simon ein. «An Weihnachten werden ja mehr Leute hier sein als jetzt.»

«Gute Frage», meinte Vater. «Für die übrigen Personen werden Mutter und ich Geschenke auftreiben.»

«Okay, alles klar.»

«Die Vorfreude steigt», schmunzelte Opa. «Wem schenke ich was, und was kriege ich von wem geschenkt?»

Raffi rieb sich strahlend die Hände. «Cool!»

In der gemütlichen Stube herrschte eine aufgeregte, heitere Stimmung. Zwockel wuselte von einem zum anderen und war ebenfalls ganz aufgedreht. Er holte sein Kuscheltier, legte sich damit mitten im Wohnzimmer auf die Seite und bettete den Kopf darauf. «Na, dann kann's ja losgehen.» Mutter nahm die vorbereiteten Lose zur Hand und warf sie in einen Beutel. «Ihr dürft eins auswählen, und wer sich selbst zieht, steckt den Zettel zurück und nimmt einen anderen.»

Der Reihe nach zog jeder ein Los heraus und lehnte sich damit zurück. Bloss das Ticken der altmodischen Wanduhr war noch zu hören.

Die Spannung war groß, während alle die Zettel auseinanderfalteten.

Jeder versuchte, sich möglichst nicht anmerken zu lassen, welchen Namen er gezogen hatte.

Nur Raffi platzte fast wie ein Ballon, als sie auf ihrem Los den Namen ihres Vaters las. Sie bastelte nämlich in der Schule als Weihnachtsgeschenk aus Ton einen sternförmigen Kerzenhalter – und sie freute sich unheimlich, ihn Paps zu schenken, weil der doch Kerzen so mochte! Am liebsten wäre sie aufgesprungen und hätte es ihm gleich jetzt gesagt. Sie konnte kaum mehr warten. Zappelig schaute sie in die Runde und betrachtete die anderen.

Debora lächelte geheimnisvoll. Simon hatte ein undurchdringliches Pokergesicht aufgesetzt. Mutter und Vater sahen sich freudig an.

Und Opa brummte: «Auf meinem Zettel steht kein Name.»

«Echt?» Mutter blickte überrascht auf. «Hab ich einen vergessen?»

«Na ja», schmunzelte Großvater. «Ich kann jedenfalls keinen sehen.»

«Opa!» Raffis Augen blitzten schelmisch. «Du kannst ja eh fast nichts mehr sehen! Ist doch logisch, dass du keinen Namen siehst!»

«Ach so», lächelte Opa. «Könntest du ihn mir dann vorlesen, Raffi? Aber ganz, ganz leise, damit niemand ihn hören kann!»

Aufgeregt hopste die Kleine vom Sofa zu Opa hinüber, las den Namen auf seinem Zettel und beugte sich dann vor. So gut wie unhörbar flüsterte sie ihn in das Ohr des alten Mannes.

«Zum Glück kann ich besser hören als Sehende», meinte Opa. «Sonst hätte ich jetzt keine Chance gehabt. Du hast deine Sache sehr gut gemacht, Raffi!»

Stolz setzte sich die Kleine wieder hin. Nun fiel es ihr auch ein wenig leichter, die Überraschung für ihren Paps noch eine Weile für sich zu behalten.

Derweil blickte Simon verträumt vor sich hin. In Gedanken war er nicht mehr auf dem Kaminski-Hof. Sondern glitt über weiße Pisten auf dem Snowboard zu Tal. Neben ihm flatterten

Antjes blonde Haare im Wind, hoch über dem Ferienort in den Bergen, wo sie lebte und er sie im Urlaub kennengelernt hatte. Doch noch vor dem nächsten Snowboard-Camp kam nun Weihnachten, und Simon dachte über sein Geschenk nach, das er für Antje bastelte. Einen Jahreskalender: Jeden Monat ein Briefchen oder eine Überraschung zum Auspacken – ein kleines Geschenk oder ein Foto von ihnen beiden, oder …

Debora beugte sich zu Simon. «Du denkst an Antje, nicht?»

«Ich wünschte, sie könnte auch herkommen an Weihnachten», murmelte er. «Aber das geht leider nicht, weil sie im Hotel ihres Stiefvaters mithelfen muss und dann natürlich mit der Familie feiert.»

In diesem Moment knarrte draußen die Haustür und wurde nach einem eisigen Windhauch wieder zugeschlagen. Schritte stapften durch die Diele. Und dann blickte Silvia ins Wohnzimmer.

Sie gab den Kids mit den Augen einen Wink, rauszukommen. Es sah ganz so aus, als hätte sie etwas Wichtiges zu erzählen …

Debora wartete im Obergeschoss, bis ihre Geschwister und Silvia im Mädchenzimmer waren. Dann schloss sie die Tür.

«Ich muss euch was Seltsames erzählen, Leute!» Die Haushaltshilfe ließ sich auf den Stuhl vor Raffis Schreibtisch fallen.

Die Kids setzten sich auf Deboras Bett. «Schieß los!»

«An der Bushaltestelle war Manuel nicht der Einzige», begann Silvia mit ihrem Bericht. «Als er aus meinem Wagen gestiegen war, bemerkte ich in einer dunklen Ecke Mirko und einen anderen Jungen.»

«Und dann?» Gespannt musterten die Kids die Haushälterin. «Wer war der andere Junge?»

«Das konnte ich nicht sehen», antwortete Silvia. «Es war zu finster. Ich wollte auch schon wieder losfahren, doch da hörte ich plötzlich eine Stimme sagen: ‹Keine Angst, ich verrate nichts! Klar hab ich gesehen, wie du ins Haus eingestiegen bist, aber von mir wird keiner was erfahren.›»

Debora richtete sich auf. «Wer hat das gesagt? Mirko oder der andere Junge?»

«Das weiß ich leider nicht. Mirko stand von mir abgewandt, und den Zweiten konnte ich wie gesagt nicht erkennen.»

«Und Manuel?», warf Simon ein. «Hat er es vielleicht gehört?»

Silvia schüttelte den Kopf. «Der bekam von all dem nichts mit. Er stand auf der anderen Seite der Bushaltestelle und hatte die Kopfhörer seines Handys in den Ohren.»

«Hey, das ist eine megawichtige Beobachtung, Silvia», lobte Raffi. «Danke, dass du's uns erzählt hast!»

«Kein Problem, Leute.» Die Haushälterin stand auf und ging zur Tür. «Gute Nacht allerseits. Schlaft gut!»

Kapitel 11

Als Silvia das Mädchenzimmer verlassen hatte und in ihre Kammer hinübergegangen war, schauten sich die Kids aufgeregt an.

«Wer deckt da wohl wen?», fragte Simon. «Will Mirko diesen Jungen von der Bushaltestelle nicht verraten? Oder verspricht umgekehrt der Junge Mirko, darüber zu schweigen, dass er gesehen hat, wie er in ein Haus eingestiegen ist?»

«Das ist genau die Frage», pflichtete Debora bei. «Aber können wir überhaupt sicher sein, dass es dabei um die Sache mit der gefluteten Aula geht?»

Simon nickte. «Es liegt doch nahe, dass mit ‹ins Haus eingestiegen› der Einbruch ins Schulhaus gemeint ist.»

«Das glaube ich auch», meinte Raffi.

Debora furchte nachdenklich die Stirn. «Falls Mirko jemanden deckt – wer könnte das denn sein?»

«Hmm ... Wer könnte ein Motiv, einen Grund dafür haben, die Aula unter Wasser zu setzen?»

«Gute Frage.» Die Kids überlegten. Nur das Blasen des Windes hinter dem dunklen Fenster war zu hören.

«Vielleicht Julia», murmelte Debora nach einer Weile. «Die hat doch ihre Wunschrolle im Musical nicht bekommen. Vielleicht wollte sie sich deshalb rächen.»

«Da ist was dran.» Raffi nickte. «Julia würde man das zutrauen. Die hat doch schon mal aus Eifersucht was ganz Fieses gemacht!»

«Aber auch Kai könnte es gewesen sein», stellte Simon fest. «Der hat ja ebenfalls seine Wunschrolle nicht bekommen und war deswegen deftig enttäuscht. Am Tag nach der Rollenverteilung kam er in der Schule sogar noch mal damit an und verlangte, dass neu abgestimmt werde – beim ersten Mal seien die Stimmen der Schüler nicht richtig ausgezählt worden.» Simon seufzte. «Was die Lehrerin natürlich ablehnte. Der Fall war sowieso klar, ich hatte viel mehr Stimmen als Kai. Aber er kann offenbar nicht gut verlieren.»

«Trotzdem, Julia wäre die Sache wirklich zuzutrauen», wandte Debora ein. «Da hat Raffi Recht.»

«Hmm ...» Simon blickte auf. «Aber Silvia hat an der Bushaltestelle Mirko ja mit einem Jungen sprechen hören, nicht mit einem Mädchen.»

«Es wäre dennoch möglich», fand Debora. «Vielleicht hat Julia den Einbruch ja mit einem Helfer begangen. Zum Beispiel mit Tim. Julia und er hängen eh oft zusammen ab.»

«Klar!» Raffi schaute sie aufgeregt an. «Julia könnte draußen Schmiere gestanden und aufgepasst haben, falls jemand kommt. Und Tim ist ins Schulhaus reingeklettert ...»

«Ja, das wäre wirklich möglich», sagte Debora.

Simon stand auf. «Zu schade, dass Silvia den anderen Jungen an der Bushaltestelle nicht erkennen konnte.» An der Tür blieb er stehen und schüttelte den Kopf. «Wie auch immer – am wahrscheinlichsten ist eben doch Mirko der Täter. Kaum war der Typ im Dorf, ist auch schon was geschehen!»

Am nächsten Tag schneite es in leichten, wirbligen Flocken, als Raffi und ihre Freundin Nina von der Schule heimkamen.

Am Eingang des Hofs sahen sie, wie Frau Kaminski einen Geldschein in ihren Briefkasten legte.

Die Mädchen schauten sich überrascht an. «Hää?»

«Mami!», rief Raffi. «Was tust du denn da? Dort kommt doch die Post rein, nicht *wir* legen was rein!»

«Normalerweise schon», lächelte Mutter. «Aber das Geld ist für die Zeitungs-Austrägerin. Die bringt uns das ganze Jahr jeden Morgen zuverlässig die Zeitung, und wir legen ihr jetzt ein kleines Dankeschön dafür rein. Das machen wir immer in der Zeit vor Weihnachten.»

«Ach so!»

Das brachte Raffi auf eine Idee. Sie zog Nina ein Stück zur Seite, während Mutter wieder ins Haus ging.

«Die Zeitungs-Austrägerin», begann Raffi leise. «Bei der bin ich doch mal heimlich in den Lieferwagen gestiegen, um der Spur zu diesem Internet-Täter zu folgen!»

Nina kicherte. «Ja, ich kann mich noch bestens dran erinnern. Ich hab verzweifelt versucht, die Frau abzulenken, damit du unbemerkt aus dem Wagen kommen kannst. Aber du bist und bist einfach nicht rausgekommen ...»

«Konnte ich ja nicht, weil die Hintertür abgeschlossen war und das Teil nur von außen aufging! Und nachher hab ich der Frau eben nicht die Wahrheit gesagt, warum ich drin war ... Deshalb möchte ich ihr jetzt was schenken. Sozusagen als Wiedergutmachung.»

«Gute Idee, ich helfe mit!», verkündete Nina. «Ich war dort ja auch dabei. Aber ... was für ein Geschenk könnte das denn sein?»

«Ich weiß, was! Eine verzierte Kerze.»

«Genau! Und dazu basteln wir eine schöne Weihnachtskarte.»

«Gebongt!» Raffi streckte Nina die flache Hand hin. «Check!»

Nina klatschte drauf, und die beiden Mädchen gingen rasch in Raffis Haus.

Drinnen setzten sie sich in die warme Küche und begannen am Tisch mit der Arbeit.

Raffi besorgte sich bei Mutter eine Glückwunsch-Karte mit einer schneebedeckten Landschaft vorne drauf. Eifrig schmückten die Mädchen die Innenseite mit Glitzerleim und Sternen. Dann schrieben sie mit farbigen Buchstaben:

Liebe Frau Hiller, wir wünschen Ihnen gaaaanz schöne Weihnachten!!!

«Wie könnten wir ihr die Geschenke denn übergeben?», murmelte Raffi, während sie noch ein paar weitere Ausrufezeichen hinmalte.

«Ich weiß, wie!» Nina sah sie mit leuchtenden Augen an. «Genau wie beim letzten Mal. Wir legen die Sachen heimlich in den Lieferwagen, wenn Frau Hiller morgens Zeitungen verteilt.»

«Super!», rief Raffi und rieb sich voller Vorfreude die Hände. «Und wann machen wir das?»

«Gleich morgen Früh. Ist doch klar!»

«Das wird klasse, Mann!» Raffi platzte schon fast vor Aufregung.

Die Mädchen legten die Weihnachts-Karte zum Trocknen beiseite und machten sich daran, eine Kerze zu verzieren. In Gedanken waren sie schon bei ihrer heimlichen Übergabe-Mission.

Und diesmal – das nahmen sie sich ganz fest vor –, diesmal würden sie sich dabei nicht mehr erwischen lassen ...

Kapitel 12

Simon und Debora kamen von der Schule nach Hause und bereiteten in der Küche heiße Schokolade für alle zu.

Während Raffi und Nina am Tisch weiter an ihrer Geschenk-Kerze für die Zeitungs-Frau bastelten, trat nun auch Opa in den Raum.

«Ich möchte jemandem eine Weihnachtskarte schicken», brummte er mit seiner tiefen, alten Stimme. «Aber ich kann nicht selber schreiben, weil ich ja kaum mehr was sehe.»

Debora nahm den Kochtopf mit der Milch vom Herd. «Ich helfe dir gerne, Opa. Wem möchtest du denn schreiben?»

«Dieser netten Dame, bei der wir in Amsterdam gewohnt haben», antwortete Großvater. «Als wir im Urlaub eure Freunde Antje und Mark dort besuchten.»

«Tante Caroline!» Simon schmunzelte zu Debora hinüber. «Mit ihr hast du dich ja damals schon prächtig verstanden, oder, Opa?»

Großvater nickte. «In der Tat. Wir schreiben uns seither auch regelmäßig. Das heißt, wir schreiben uns nicht, sondern schicken uns Kassetten, auf die wir draufsprechen. Aber zu

Weihnachten scheint mir das nicht ganz das Richtige zu sein.»

«Kein Problem.» Debora nahm die Karte aus Opas Hand und setzte sich damit an den Tisch. «Okay, schieß los. Ich schreibe, und du sagst, was drinstehen soll.»

«Ihr habt in Amsterdam bei Freunden gewohnt?», fragte Nina. «War's cool?»

«Mhm, das war super», antwortete Raffi. «Wir durften auf einem echten Hausboot übernachten – im Kanal vor Carolines Stadthaus. Aber es wurde auch ganz schön gefährlich in dem Urlaub, als wir's plötzlich mit einer Drogenbande zu tun bekamen.»

«Das war bestimmt aufregend!»

Während Raffi und ihre Freundin sich weiter unterhielten, biss Simon in einen Apfel und schaute aus dem Fenster. Durch das Schneetreiben sah er unten auf dem Hof eine ältere Kundin mit einem kleinen Mädchen kommen. Frau Kummer mit ihrer Enkelin Tanja.

Die Kleine riss sich von der Hand ihrer Großmutter los und rannte zu Zwockel hinüber. Der Collie ließ vor dem Mädchen einen Ball fallen. Tanja hob ihn eifrig auf und warf ihn, so weit sie konnte. Sofort nahm der Hund die Verfolgung auf, und die Kleine stob dem Collie hinterher über den verschneiten Platz.

«Geh nicht zu weit weg!», rief die Großmutter. «Hörst du, Tanja?»

Das Mädchen nickte, und die alte Frau trat in die Blumenhandlung.

«Schade, dass euer Pflegejunge jetzt wieder einen Rückfall hatte», sagte Frau Kummer im Laden.

Herr Kaminski packte das schöne Advents-Gesteck ein, das die Dame ausgesucht hatte. Fragend blickte er auf. «Einen Rückfall?»

«Ja! Da haben Sie sich solche Mühe gegeben mit dem Jungen, und nun geht der hin und setzt die Aula unter Wasser.»

«Wie kommen Sie denn darauf, dass Manuel das getan hat? Das ist doch überhaupt nicht bewiesen!»

«Was in dem bloß vorgeht?» Frau Kummer schüttelte den Kopf. «Manchmal hat man wirklich das Gefühl, gewissen Jungen ist nicht mehr zu helfen. So gut man es auch meint mit ihnen.»

Herr Kaminski dachte kurz nach, bevor er antwortete. «Manuel hat früher mal Fehler begangen», entgegnete er dann. «Aber der Junge ist auf einem guten Weg. Wir stehen weiter hinter ihm – wir können uns nicht vorstellen, dass er das getan hat.»

«Da sind Sie aber der Einzige», beharrte Frau Kummer. «Das

ganze Dorf weiß, dass er's gewesen ist. Gut möglich, dass er sich dafür mit einem zweiten Burschen zusammengetan hat. Dieser andere Kriminelle war doch auch da zur Tatzeit. Dieser Mirko. Auf Freigang aus dem Gefängnis, das sagt doch schon alles. Die beiden waren genau im richtigen Moment am richtigen Ort. Glauben Sie an Zufälle, Herr Kaminski?»

«Nein. Aber für uns ist Manuel unschuldig, bis das Gegenteil bewiesen ist.»

«Was braucht es denn noch für Beweise?» Die Dame sah ihn durchdringend an. «Das Thema ist jedenfalls das absolute Dorfgespräch. Und die Sache ist für jeden sternenklar. Zumindest für jeden mit etwas Menschenverstand. Dieser Manuel war's!»

Beim Abendessen erzählte Vater, was er im Laden über Manuel gehört hatte.

«Die Leute reden», sagte er im warmen Licht vor dem dunklen Fenster. «Und sie scheinen sich ziemlich einig zu sein, dass Manuel der Schuldige ist.»

Debora verschlug es gleich den Appetit. Sie legte das Besteck hin und senkte den Kopf. «Was sollen wir bloß tun?», murmelte sie verzweifelt.

Opa räusperte sich. «Es ist sicher das Beste, wenn ihr Manuel sagt, dass ihr weiterhin zu ihm steht. Er braucht jetzt Freunde, die an ihn glauben und zu ihm halten. Sonst ...»

«Sonst?» Alle schauten den alten Mann aufmerksam an.

«Sonst könnte er vielleicht den Mut verlieren. Und wenn man den Mut verliert, tut man womöglich etwas, das man später bereut. Zudem ist es auf jeden Fall richtig, auf seiner Seite zu stehen. Das hat auch viel mit Weihnachten zu tun.»

«Was?» Raffi blickte auf. «Warum denn?»

«Weil an Weihnachten die Geburt von Jesus gefeiert wird. Und Jesus hat auch auf der Seite von Vorverurteilten gestanden», antwortete Großvater. «Jesus hat sich immer für Ausgestoßene und Benachteiligte eingesetzt. Er hat die Mächtigen und Reichen dazu aufgefordert, sich nicht nur um sich selbst zu kümmern. Er sagte allen Menschen ganz klar: Helft den Hungrigen, den Durstigen, den Armen. Nehmt Fremde auf, versorgt Kranke und besucht Einsame.»

«Mhm, stimmt ...» Alle am Tisch ließen sich das durch den Kopf gehen.

«Es hat ja schon so angefangen.» Opas Blick ging in die Ferne, als er weitererzählte. «Auf welcher Seite Jesus stand, war schon mit seiner Geburt klar. Jesus ist nicht in einem Luxushotel zur Welt gekommen. Sondern unter allerärmsten Verhältnissen. Und seine Ankunft auf der Welt wurde vom Engel nicht etwa dem König verkündet. Sondern den Hirten, die damals zu den sogenannt ‹unwichtigsten› Leuten überhaupt zählten.»

«Und die durften ihn auch als Erste sehen», warf Raffi ein.

Opa nickte versonnen. «Jesus setzt andere Maßstäbe, als es

auf der Welt üblich ist. Und wir tun gut daran, uns das immer wieder vor Augen zu führen. Und uns dementsprechend zu verhalten. Die Reichen und Mächtigen brauchen unsere Hilfe nicht. Aber jene, die auf der Verlierer-Seite stehen, dafür umso mehr. Denkt immer daran, wenn es drauf ankommt.»

Kapitel 13

Am nächsten Morgen stand Raffi in aller Frühe auf. Die Mission, Geschenke heimlich in den Zeitungswagen zu legen, begann …

So leise wie möglich zog sich die Kleine an und schlich aus dem Zimmer nach unten. Auf der Treppe achtete sie besonders darauf, dass sie nicht auf die fünfte und die achte Stufe trat – die knarrten nämlich noch lauter als die anderen und machten einen solchen Krach, dass auf der Stelle die ganze Familie wach geworden wäre. Doch Raffi schaffte es ohne Probleme bis zum Ausgang.

Als sie dick eingemummelt aus dem Haus in die dunkle Kälte trat, schlüpfte Zwockel hinter ihr mit hinaus. Er stieg an ihr hoch und stupste sie mit der Nase an.

«Du darfst mitkommen», hauchte die Kleine. «Aber du musst mucksmäuschenstill sein!»

Freudig sprang der Collie neben ihr her, während sie im dichten Morgennebel zum Nachbarhaus hinübertappte. Ihre Freundin Nina lebte dort mit ihrem Vater Nick in dem windschiefen alten Gebäude, das alle nur «Villa Kunterbunt» nannten, seit die beiden hier eingezogen waren. Von der krummen Dachkante hingen lange, dicke Eiszapfen herab. Eine dünne Rauchfahne stieg aus dem Kamin auf.

Nina wartete bereits am Gartentor. Rund um sie herum war die verschneite Landschaft wie mit einer dicken flauschigen Watteschicht bedeckt.

Leise begrüßten sich die Mädchen und stapften dann gemeinsam den Gehsteig entlang. Ihre Schritte knirschten im Schnee. Beim Atmen stiegen Dunstschwaden in die eisige Luft auf. Eine einsame Straßenlaterne warf fahles Licht auf den Weg.

Bei den ersten Häusern nach der Villa Kunterbunt sah sich Nina um. «Wo wollen wir uns verstecken?»

«Wie wär's da drüben?» Raffi zeigte auf einen großen Busch in der Nähe der Briefkästen.

«Super, das passt!»

Die Mädchen gingen mit Zwockel zu dem Gebüsch und verbargen sich dahinter.

Hier warteten sie gespannt auf den Zeitungswagen. Fröstelnd schoben sie die eisigen Hände tief in die Jackentaschen.

Es war ganz still. Durch den Schnee waren die Geräusche gedämpft. Und so früh am Morgen war noch kaum jemand unterwegs.

Nach einer Weile erklang in der Ferne ein Motorengeräusch und kam langsam näher.

Raffi beugte sich zu Zwockel hinunter. «Hör gut zu! Wenn die Frau nachher zu früh zurückkommt, beginnst du zu winseln, um uns zu warnen! Klar?»

Der Collie legte den Kopf schief und schaute sie treu an.

In diesem Augenblick quietschten leise Bremsen. Am Straßenrand hielt ein weißer Lieferwagen an.

Frau Hiller stieg aus. Sie trug wie üblich flauschige Ohrklappen wie einen Kopfhörer über ihrer Kurzhaarfrisur. Dazu einen dicken Schal und Handschuhe ohne Fingerspitzen.

Zielstrebig öffnete sie die Hintertür, nahm von der Ladefläche einige Zeitungen unter den Arm und eilte damit zu den Briefkästen hinüber.

Sobald sie außer Sicht war, zischte Nina: «Los geht's!»

Die Mädchen erhoben sich und liefen im Schutz der nebelverhangenen Dunkelheit zum Wagen.

Leise zogen sie die Hecktür auf und legten die Kerze und die Weihnachtskarte auf die Ladefläche.

Alles lief wie am Schnürchen, bis ...

Plötzlich ertönte Zwockels Winseln.

«Ja Pingu!», flüsterte Raffi. «Frau Hiller kommt! Schnell weg hier!»

Rasch hasteten die Mädchen davon und sprangen mit einem weiten Satz hinter den Busch.

Im selben Moment bog die Austrägerin um die Ecke.

Die Mädchen duckten sich und strahlten sich mit leuchtenden Augen an. «Das war knapp!»

Grinsend klatschten sie ihre Handflächen aufeinander. «Check!»

Da blieb Frau Hiller stehen. Prüfend hob sie den Kopf. «Was war das?»

Argwöhnisch sah sie sich um und blickte dabei geradewegs in die Richtung der Mädchen. «Hallo, ist da wer? Hallo!»

Langsam trat die Frau auf das Gebüsch zu.

Raffi und Nina hielten die Luft an.

Als die Frau beim Busch stand, reckte sie den Hals, um dahinter nachzuschauen.

In diesem Moment sprang Zwockel hervor.

Hechelnd blieb er bei ihr stehen und leckte ihre Hand.

«Ach, du warst das», stieß sie hervor. «Du hast mir einen schönen Schreck eingejagt!»

Zwockel winselte leise, als würde er sich dafür entschuldigen.

Die Botin seufzte. «Na, du bist mir ja einer! Wohl daheim abgehauen, was? Los, lauf wieder nach Hause, sonst suchen sie dich nachher!»

Frau Hiller wandte sich ab, ging zur Fahrerkabine des Lieferwagens und stieg ein.

Doch plötzlich hielt sie inne und schaute sich noch einmal sorgfältig um. Ihr Blick strich über das nahe Gebüsch.

Nach einer Weile schüttelte sie den Kopf. «Ts, ts, ts ...», machte sie und ließ den Motor an.

Sie gab Gas und fuhr los.

Und dann war sie weg.

«Endlich!» Raffi und Nina atmeten auf.

Als der Wagen nicht mehr zu hören war, krochen die Mädchen hinter dem Busch hervor.

«Guter Hund, Zwockel!», rief Raffi und streichelte den Collie überschwänglich. «Das hast du super gemacht!»

«Ja, echt, du hast uns gerettet!» Nina richtete sich auf und klopfte den Schnee von ihrer Hose. «Frau Hiller wird ganz schön Augen machen, wenn sie die Überraschungen entdeckt!»

«Das wird sie», lächelte Raffi. «Und vielleicht erinnert sie sich dann auch an unser letztes Abenteuer, als schon mal eine Überraschung im Lieferwagen auf sie wartete. Eine etwas größere mit einem Zöpfchen auf dem Kopf!»

Am Frühstücks-Tisch griffen Raffi und Nina diesmal besonders herzhaft zu.

«Was ist denn mit euch los?», schmunzelte Mutter. «Habt ihr den Hunger erfunden?»

«Nein, nein», mampfte Raffi. «Wenn Nina bei uns frühstückt, hab ich immer einen Mega-Appetit!»

Darauf warfen sich die beiden Mädchen einen verschwörerischen Blick zu und kicherten schelmisch.

Alle am Tisch merkten sofort, dass da was im Busch war. Entweder führten die zwei etwas im Schilde – oder sie hatten es bereits ausgeführt …

«Na, kommt schon, raus mit der Sprache», lächelte Vater. «Was ist der Grund für eure gute Laune?»

Wieder grinsten sich die Mädchen spitzbübisch zu.

«Der Grund ist», schmatzte Nina und schluckte geräuschvoll. «Der Grund ist … streng geheim!»

Nun war das Gelächter nicht mehr aufzuhalten. Auch Simon, Opa, Silvia und die Eltern stimmten mit ein.

«Na, das wird mir ja wieder was sein», schmunzelte Opa. «Habt ihr etwa den Garten von Frau Specht umgegraben? Wie damals, als Zwockel das Margeritenbeet der guten Frau zertrampelt hat?»

Das war endgültig zu viel – Raffi musste aufpassen, dass sie vor lauter Lachen nicht den Schluck Schokomilch hinausprustete, den sie gerade im Mund hatte.

Vater schüttelte lächelnd den Kopf. «Na, ihr seid mir ja zwei!»

Er griff zur Zeitung und schlug sie auf. Als er den Bericht auf der Titelseite sah, runzelte er die Stirn. «Hier steht, man finde für das Musical tatsächlich keinen geeigneten Ort, weil alle Säle besetzt sind. Das Fernsehen ist bereits mit anderen Schulen in Verbindung für die Musical-Sendung. Man warte aber noch ab, ob hier im Dorf nicht doch noch was Geeignetes gefunden würde.»

Die Kids betrachteten das Foto zum Artikel. Darauf stand die Schulleiterin neben den Aufräumarbeiten in der zerstörten Aula.

«Schade», seufzte Debora. «Jetzt kann das Musical wohl endgültig nicht aufgeführt werden.»

«Ich hätte da vielleicht eine Idee», sagte Mutter. «Vielleicht etwas außergewöhnlich, aber ... Wie wäre es, wenn wir eines unserer Gewächshäuser räumen würden und das Musical dort drin stattfände? Jetzt im Winter sind ja sowieso keine Pflanzen da, nur Töpfe und Material.» Sie schaute Vater an. «Was meinst du?»

Er dachte kurz nach. «Warum nicht?», erwiderte er dann. «Ich denke, mit vereinten Kräften würden wir das hinkriegen. Wenn es überhaupt erwünscht wäre.»

«Man müsste einfach noch ganz viele Stühle auftreiben und reinstellen», sagte Simon.

Vater nickte. «Die würden wir wohl von der Gemeindeverwaltung bekommen. Oder sonst vielleicht Holzbänke, die beim Dorffest verwendet werden.»

«Hammer!», rief Raffi. «Das Musical bei uns auf dem Hof – das wär ja klasse, Mann!»

Kapitel 14

Es war bereits dunkel, als die Kids nach dem Abendessen einen zweiten Besuch bei der Familie von Mirko machten. Sie wollten nun mit dem möglichen Zeugen sprechen und klingelten mit aufgeregten Herzen im Treppenhaus des Wohnblocks an der Tür.

«Jetzt sollte sein Bruder hier sein», murmelte Debora.

Kurz darauf wurde geöffnet.

Mirkos Bruder Mario begrüßte die Kids und bat sie in die Wohnung.

Drinnen war von irgendwoher das Geräusch eines laufenden Fernsehers zu hören.

Sie folgten Mario durch die lange schmale Diele. Dabei fiel ihnen der weihnachtliche Duft auf, den eine Aromakerze verströmte.

Mario blieb im Flur vor einer Tür stehen und deutete in den Raum. «Setzt euch.»

Sein Zimmer war extrem ordentlich aufgeräumt. Nichts lag herum, alles war fein säuberlich an seinem Platz.

Die Kids traten ein, streiften ihre Jacken ab und ließen sich auf dem Bett nieder. Mario nahm ihnen gegenüber auf dem Bürostuhl vor dem Schreibtisch Platz.

Simon kam ohne Umschweife zur Sache. «Mario, wir würden gerne wissen, wann Mirko am Tatabend nach Hause gekommen ist.»

«Ach ja.» Mario nickte. «Klar, hätte ich mir denken können, dass ihr deswegen gekommen seid.» Er klaubte einen Stift vom Pult und rollte ihn zwischen den Fingern. «Mirko hat viel Mist gebaut», murmelte Mario. «Aber diesmal war er's nicht. Die Sache im Schulhaus geht nicht auf sein Konto. So viel steht fest.»

Er legte den Stift wieder hin und schaute den Kids in die Augen. «Mirko war kurz nach der Bus-Ankunft hier. Genauer gesagt, drei Minuten nach neun.»

Die Kids musterten ihn erstaunt. «Drei nach neun?»

«Mhm. Ich weiß das noch so genau, weil ich gerade eine SMS abgeschickt hatte, als er reinkam. Und als später im Dorf plötzlich die Frage auftauchte, wann genau Mirko da war, fiel mir das wieder ein. Ich sah nach, wann ich die SMS gesendet hatte. Drei nach neun. Mirko kann es unmöglich gewesen sein.»

Die Kids nickten nachdenklich. «Hmm, in dem Fall ...»

Simon und Debora ging dasselbe durch den Kopf: Mirko war zur Tatzeit offenbar zu Hause, ganz im Gegensatz zu Manuel. Wo war Manuel zu der fraglichen Zeit bloß gewesen?

In dem Moment klingelte es draußen an der Wohnungstür. Der schrille Ton ließ die Kids sogleich aus ihren Gedanken hochschrecken.

«Bin gleich wieder da.» Mario stand auf und ging hinaus, um zu öffnen.

Durch die angelehnte Zimmertür konnten die Kids sehen, wie er einen Mann ins Wohnzimmer nebenan führte. «Einen Moment», sagte Mario drüben. «Mein Vater kommt gleich.»

«Danke», erwiderte der Mann. «Kannst du auch kurz dabeibleiben? Das wäre super.»

«Wenn Sie möchten – aber nur kurz, ich hab Leute zu Besuch.»

«Das ist nett.»

Irgendwo in der Wohnung verstummte der Fernsehton.

Marios Vater trottete im Trainingsanzug durch den Flur und setzte sich drüben zu den beiden ins Wohnzimmer.

Nach der Begrüßung räusperte sich der Besucher. «Wie Sie wissen, bin ich als Mirkos Bezugsperson im Jugendgefängnis für seine Betreuung zuständig. Sie haben mich über den Zwischenfall informiert, der während seines Freigangs hier vorgefallen ist. Ich möchte mir vor Ort ein Bild machen und dafür sorgen, dass Mirko als Verdächtiger nicht vorverurteilt wird.»

«Der wird nicht vorverurteilt», brummte der Vater. «Ich weiß ja selbst, dass er zur Tatzeit hier war. Aber ... andererseits hat der Junge schon so viel angestellt ... Sie müssen das wirklich verstehen. Es ist doch ein äußerst merkwürdiger Zufall, dass im Dorf monatelang nichts passiert, und kaum ist Mirko wieder hier ...» Betrübt schüttelte der Vater den Kopf. «Sie können mir glauben, es macht mich ganz krank, nicht zu wissen, ob ich meinem eigenen Sohn vertrauen kann oder nicht.»

«Ich verstehe, dass diese Ungewissheit ein Notstand für Sie ist.» Der Betreuer schaute den Mann teilnahmsvoll an. «Aber ich kann Ihnen versichern, dass Mirko sich gebessert hat. Ich bin überzeugt, dass er diese Tat nicht begangen hat. Ich kenne Mirko persönlich aus unzähligen Therapiestunden. Zusätzlich besucht er ja das Anti-Aggressions-Training und Gruppengespräche mit anderen Jugendlichen, die das gleiche Problem mit Gewalt haben wie er. Er ist ein anderer Mensch geworden.»

Mirkos Bruder nagte an seiner Unterlippe. «Das wäre echt schön», murmelte Mario. «Die Einzelheiten über Mirkos Programm haben Sie meinem Vater bestimmt schon erzählt. Aber ich würd's auch gern wissen. Wie sieht so ein Tag in der Jugendhaft aus?»

«Nun», begann der Betreuer. «Zunächst mal hat Mirko natürlich Schule. Danach muss jeder Junge ein Ämtchen erledigen – etwa Putzen, Aufenthaltsraum in Ordnung halten oder beim Kochen helfen, und so weiter. Zudem gibt es viel Sport. So können die Jungs Aggressionen abbauen, Selbstbeherrschung üben und lernen, mit Niederlagen umzugehen. Basketball eignet sich zum Beispiel ausgezeichnet. Da muss man sehr fair sein, aber mit viel Körpereinsatz spielen. Das heißt also: Kämpfen und trotzdem keine Fouls begehen …»

«Verstehe», murmelte Mario. «Da hat er ja ganz schön viel zu tun an so einem Tag.»

«Das kann man wohl sagen.» Der Betreuer räusperte sich. «Ziel der Programme ist es, einen geregelten Ablauf ins Leben der Jungs zu bringen. Das hatten die meisten ja vorher nicht.

Dadurch sollen sie sich anschließend zurück in den Alltag eingliedern können. Also wieder zu Hause wohnen und wenn möglich eine Lehre machen.»

Die Kids warfen sich einen Blick zu und lauschten aufmerksam, als der Betreuer weitersprach.

«Mirko fürchtet jetzt allerdings, dass dieses Ziel für ihn in weite Ferne rückt. Da er an seinem Test-Wochenende unter Verdacht für eine Straftat geraten ist, müsste die Polizei nun innerhalb weniger Tage seine Unschuld beweisen. Denn wenn die nicht zweifelsfrei erwiesen ist, darf er an Weihnachten nicht nach Hause. Aber ... erstens dauert so eine Ermittlung in der Regel länger. Und zweitens ist Mirko überzeugt, dass sich die Polizei nicht gerade übermäßig anstrengen wird, um einem Jungen wie ihm zu helfen ...»

Zur selben Zeit schaute Polizist Koller auf der Wache durchs Fenster in die dunkle Nacht hinaus. Er ließ sich den Schulhaus-Fall mit der gefluteten Aula noch einmal durch den Kopf gehen. Die Ergebnisse der kriminaltechnischen Untersuchungen waren noch immer nicht eingetroffen, und das gefiel ihm gar nicht.

Trotz des Alibis mit der Heimkehr um 21.03 Uhr hielt Koller es für möglich, dass Mirko den Einbruch verübt hatte. Wie auch immer ... Doch falls nicht, hatte der Junge eine faire Chance verdient. Koller wollte nicht, dass dem Jungen Steine in den Weg gelegt würden. Denn Mirkos Weg in die Normalität würde ohnehin schwer genug werden. In ein Leben ohne Straftaten, ohne Gewalt und Drohungen. Ein Leben mit geregelter Arbeit und Ausbildung.

Koller nahm den Hörer des Tischtelefons und wählte die Nummer des Kriminaltechnischen Dienstes in der Stadt.

«Guten Abend», begann er, als abgehoben wurde. «Ich habe schon mehrfach angerufen und wollte wissen, ob die Ergebnisse der Schulhaus-Untersuchungen jetzt vorliegen.»

Er hörte kurz zu und runzelte dann die Stirn. «Mir ist schon klar, dass so was seine Zeit dauert. Aber der Fall hier ist wirklich dringend. Es geht darum, ob ein vorbestrafter Junge sein Weihnachtsfest zu Hause verbringen kann oder nicht. Wie ich höre, ist er anscheinend auf gutem Weg. Und es wäre äußerst schade, wenn er durch diese Sache unverschuldet aus dem Tritt geraten würde. Diesmal vielleicht endgültig, wer weiß ... Deswegen möchte ich alles daransetzen, den Fall so schnell wie möglich aufzuklären.»

Nun hörte Polizist Koller eine Weile lang zu.

Dann hellte sich seine Miene auf. «Das klingt gut, sehr gut sogar! Geben Sie mir morgen Bescheid. Und – danke für den Nachteinsatz!»

Koller legte auf und begann zu lächeln. «Na, dann wollen wir morgen mal sehen, zu wem uns die Spuren vom Schulhaus führen!»

Kapitel 15

Die Kids traten aus Mirkos nächtlichem Wohnblock, um sich auf den Heimweg zu machen. Im fahlen Licht der Straßenlaternen zeichnete sich neben dem Haus der schmutzige Schneehügel mit dem Plastik-Spielzeug ab. Oben im Gebäude leuchtete in einem einzigen Fenster im vierten Stock eine Lichterkette. Alle anderen waren dunkel oder vom bläulichen Flackern eines Fernsehers erfüllt.

Auf dem Gehweg vor den Blocks kam den Kids jemand entgegen.

Es war Ergün. Er lebte auch in der Siedlung hier und war mit seinem Gitarrenkoffer gerade auf dem Rückweg von der Musical-Bandprobe.

«Hallo, Ergün», grüßte Debora.

«Hallo.» Der Junge hob die Hand. Doch dabei schlitterte er auf dem eisigen Untergrund aus und wäre beinahe gestürzt. Im letzten Moment konnte er sich auffangen. «Woa!», lachte er. «Das ist ja ganz schön rutschig hier!»

Er blieb stehen und blickte die Kids an. «Ich hab gehört, ihr sucht den Typ, der die Aula unter Wasser gesetzt hat?»

«Ja, das stimmt.» Die drei blieben ebenfalls stehen.

«Dann solltet ihr vielleicht etwas wissen.» Ergün sah sich um. Es war niemand in der Nähe. Leise sprach er weiter. «Mirko hat mir gesagt, er kenne den Täter.»

Simon musterte den Jungen aufmerksam. «Echt?»

Ergün nickte. «Aber er hat mir nicht verraten, wer es ist.»

«Ach ja?» Raffi stemmte die Hände in die Hüfte. «Mirko will doch bloß von sich selbst ablenken!»

«Vielleicht auch nicht», murmelte Debora nachdenklich.

Und auch Simon kam ins Grübeln. «Mirko hat ja ein wasserdichtes Alibi. Ich glaube nicht, dass Mario und sein Vater lügen. Also kann Mirko es wohl kaum gewesen sein.»

«Nicht?» Raffi legte die Stirn in Falten. «Aber wenn es wirklich stimmt, dass Mirko den Täter kennt – wer könnte es dann sein?»

Das fragte sich Debora auch. Außer Mirko gab es ja bloß noch einen Hauptverdächtigen: Manuel …

«Am besten fragen wir Mirko selbst», schlug Simon vor. «Er soll uns den Namen des Täters nennen, ganz einfach.»

«Das könnt ihr vergessen», winkte Ergün ab. «Mirko wird keinen Ton verraten. Er verpetzt niemanden, hat er gesagt. Das ist sein oberstes Gesetz.»

«Aber …»

«Ich hab's auch probiert.» Ergün schüttelte den Kopf. «Da ist nichts zu machen. Jeder Versuch zwecklos, glaubt mir.»

Am nächsten Nachmittag fuhr ein Taxi auf den verschneiten Vorplatz des Kaminski-Hofs. Tante Liliane stieg aus und nahm ihr Gepäck aus dem Kofferraum entgegen.

Die Kids rannten auf sie zu und umarmten ihre Tante stürmisch. Zwockel sprang aufgeregt um sie herum.

«Schön, dass du da bist!», strahlte Debora.

Liliane strahlte zurück. «Ich freu mich auch, da zu sein!» Sie sah sich um und lachte. «Ein bisschen kalt habt ihr's hier. In Marokko war's wärmer.»

«Na denn, lasst uns reingehen!» Simon nahm Liliane die Reisetasche ab.

«Wie geht's Salim?», fragte Raffi auf dem Weg zum Haus.

«Das erzähl ich euch nachher in aller Ruhe», versprach Liliane. «Wo sind denn die anderen?»

«Mami kommt auch gleich. Paps und Silvia sind unterwegs, und Opa ...»

«... ist hier», brummte im Flur hinter der geöffneten Haustür eine tiefe, warme Stimme.

«Und diesmal sogar *live*», schmunzelte Liliane. «Nicht wie sonst im Computer-Fernsehen. Schön, dich zu sehen!»

Die beiden begrüßten sich herzlich.

«So, und jetzt richtest du dich erst mal oben ein bisschen ein.» Die Kids begleiteten Liliane hoch ins Gästezimmer unter dem Dach.

«Manuel schläft über Weihnachten in meinem Zimmer», freute sich Simon beim Runtergehen. «Das wird echt klasse!»

Am Nachmittag trafen sich alle in der Küche zum gemeinsamen Plätzchen-Backen. Die Fensterscheiben waren wegen der Wärme beschlagen, und es herrschte eine gemütliche Stimmung.

Liliane erzählte ausgiebig vom kleinen Salim und von Saida und Abdel. Die Kids hatten die drei auf abenteuerliche Weise in Marrakesch kennen gelernt. Das Baby Salim war in der Nähe ihres Hauses abgelegt worden, und sie hatten fieberhaft nach dessen Mutter gesucht.

«Im Hilfswerk haben wir inzwischen bereits wieder neue Babys, die auf der Straße ausgesetzt worden sind», berichtete Liliane. «Es ist eben immer dasselbe: Wenn unverheiratete Frauen in Marokko ein Kind kriegen, werden sie von ihrer Familie verstoßen. Und um das zu verhindern, setzen viele junge Frauen in ihrer Verzweiflung ihr Baby aus.»

Immerhin gehe es Abdel und Saida jetzt besser, erzählte Liliane weiter. Die beiden hätten eine Arbeit, wo sie nicht mehr geschlagen und ausgenutzt würden. «Viele andere treffen es nicht so gut», schloss sie. «Leider werden Kinder immer noch oft misshandelt und müssen Tag und Nacht arbeiten.»

«Ich hab eine Idee!» Raffis Augen leuchteten. «Lasst uns eine Riesenladung Extra-Plätzchen backen. Die verkaufen wir und sammeln so Geld für die Kinder in Marokko!»

«Klasse!»

Alle waren sofort einverstanden. «Super Idee!»

Die Kids begannen eifrig, Teig auszurollen. Dann stachen sie herzförmige Stücke aus und bestrichen sie mit Eigelb.

Es duftete süß und verlockend in der Küche. Der Backofen klingelte jeweils, wenn eine Ladung fertig war. Dann nahmen die Kids mit Topflappen das Blech heraus und schoben gleich ein neues hinein.

Alle waren ausgelassen, lachten und scherzten. Nur Debora schien etwas in sich gekehrt.

Als Opa sie darauf ansprach, murmelte sie: «Ich find's ein bisschen schwierig, mich auf Weihnachten zu freuen. Manuel steht noch immer unter Verdacht, und wer weiß, wie das ausgehen wird …»

«Das verstehe ich», sagte Mutter, während sie einen Christstollen zubereitete. «Besonders in der Weihnachtszeit möchte man, dass alles schön und harmonisch ist. Man hat große Erwartungen und empfindet Schwierigkeiten in dieser Zeit als besonders schlimm.» Sie schaute auf. «Weihnachten feiert man aber nicht, weil alle es besonders schön haben. Sondern weil Gott zu den Menschen auf die Erde gekommen ist und ihnen bei ihren Problemen hilft. Das ist die gute Nachricht an Weihnachten – nicht, dass alles leicht und einfach ist.»

«Hmm ...» Die Kids ließen sich das durch den Kopf gehen.

«Übrigens ...» Mutter begann zu schmunzeln. «Da fällt mir noch was ein.» Sie sah Raffi an. «Die Zeitungs-Frau hat einen Zettel in unseren Briefkasten gelegt und sich bedankt. Für das Geld, das ich reingetan hatte. Und für eine verzierte Kerze und eine schöne Weihnachtskarte ...»

Raffis Wangen erröteten, und sie strahlte übers ganze Gesicht.

Da fing Opa plötzlich an, in der Luft herumzuschnuppern. «Sagt mal, habt ihr die Plätzchen im Griff?»

«Oje!», rief Liliane und holte schnell das Blech heraus. «Beim Reden haben wir ganz vergessen, den Backofen-Wecker zu stellen! Jetzt sind sie ein bisschen dunkel geworden.»

«Macht nichts», schmunzelte Opa. «Nun gibt es welche zum Probieren.» Er hob die Hand. «Hier! Ich stelle mich freiwillig zur Verfügung.»

Kapitel 16

Weihnachten rückte allmählich näher. Weil es nun endgültig nirgends im Dorf Unterschlupf gefunden hatte, sollte das Musical jetzt tatsächlich in Familie Kaminskis Gewächshaus aufgeführt werden. Das bewog das Fernsehen, nun doch hier zu filmen. Die Reporter freuten sich sogar über den neuen Drehort. Der besondere Schauplatz sei «mal ganz was anderes», fanden sie.

Somit liefen die Vorbereitungen unter Hochdruck. Am Tag der öffentlichen Hauptprobe war der Pflanzentunnel noch nicht ganz hergerichtet für den großen Auftritt. Einige Kulissen fehlten noch, und Stühle gab es nur gerade in der notwendigen Anzahl der gegenwärtigen Besucher.

Tante Liliane hatte beim Wiederherstellen der Bühnenbilder tatkräftig mitgeholfen. «Für eine der Kulissen wird die Zeit bis zur Aufführung nicht mehr ganz reichen», erklärte sie vor der Probe. «Das Bild mit dem Sternenhimmel für die Hirten werden wir im zerstörten unteren Bereich einfach mit echten Pflanzen verdecken. Kaminskis Blumenhandlung will welche auftreiben, die es in der Gegend von Bethlehem zur Zeit der Weihnachtsgeschichte wirklich gegeben hat, zum Beispiel bestimmte Palmen.»

Als Simon nun auf die Bühne trat, breitete sich im Raum allmählich Stille aus. Frau Wermelinger saß in der ersten Reihe. Die Leiterin wartete gespannt auf seinen Auftritt.

Mit dem Mikrofon in der Hand ging Simon zur Mitte, um als Moderator das Publikum zu begrüßen.

«Willkommen zum Musical!», begann er. «Sie alle kennen die Weihnachtsgeschichte. Wir zeigen sie Ihnen in moderner Form. Die Musik stammt aus der heutigen Zeit, aber ...» An dieser Stelle stolperte er über eine Kiste, die versehentlich stehengeblieben war.

Im Raum lachte ein Junge laut auf. Liliane und die Kids schauten sich um. Es war Kai, der die Rolle des Moderators auch gewollt, aber nicht bekommen hatte. Er saß beim Mischpult, da er als Assistent der Technik mithalf, Boxen zu schleppen und Kabel zu verlegen.

«Pssst!» Der Mixer beugte sich zu Kai hinüber. «Krieg dich wieder ein», flüsterte er ihm zu. «Das ist überhaupt nicht lustig.»

«Was du nicht sagst», murmelte Kai und blickte beleidigt weg.

Etwas später war Raffis Auftritt als Engel an der Reihe. Die Hirten knieten sich andächtig nieder. Inzwischen bekamen sie ihren erschrockenen Gesichtsausdruck schon ziemlich gut hin.

Die Kleine hatte sich diesmal einen harten Hundekeks in die Tasche gesteckt und fingerte unmerklich daran herum, um ihre Aufregung zu dämpfen.

«Habt keine Angst!», verkündete sie den Hirten. «Ich habe eine große Freudenbotschaft für euch und für das ganze Volk. Heute ist euch der Retter geboren worden: Christus, der Herr! Ihr werdet ein Baby ... Nein, nicht schon wieder!»

Ein leises Schmunzeln ging durch die Reihen der Schauspieler.

Raffi fasste sich, deutete nebenan auf das Bühnenbild mit der Krippe und sprach ihre Rolle weiter: «Ihr werdet ein *neugeborenes Kind* finden. Es liegt in Windeln gewickelt da in der Krippe.»

Simon und Debora hoben den Daumen und nickten ihrer kleinen Schwester aufmunternd zu. «Du schaffst das, Raffi! Bis zur Aufführung hast du's drauf, ganz bestimmt!»

In der Wache hob Polizist Koller sofort den Hörer ab, als das Telefon auf seinem Schreibtisch klingelte.

«Kriminaltechnischer Dienst», meldete sich am anderen Ende eine Männerstimme. «Der Bericht der Schulhaus-Untersuchung ist fertig. Er wird Ihnen gleich per E-Mail zugeschickt.

Ich gebe Ihnen hier rasch die Kurzfassung durch, wenn Sie möchten.»

«Gerne!» Koller hörte gespannt zu. «Schießen Sie los!»

«Also», begann der Beamte vom Kriminaltechnischen Dienst. «Im fraglichen Bereich des Schulhauses gab es keine brauchbaren Fingerabdrücke und DNA-Spuren wie etwa Hautschuppen – weder am zerbrochenen Fenster noch am Griff, weder am Wurfstein noch drinnen am Wasserhahn. Der Täter muss Handschuhe getragen haben. Das war auch feststellbar, weil das Muster eines Handschuh-Abdrucks beim Einstiegsfenster gesichert werden konnte. So weit also Fehlanzeige. Aber jetzt kommt's.»

Der Mann legte eine Spannungspause ein.

«Es gab verwertbare *Schuh*spuren», erklärte er dann. «Und zwar Schuhspuren von zwei verschiedenen Personen. Einerseits von einer Person im Schulhaus – und zwar im Einstiegsraum und auf dem Weg drinnen zur Aula. Und andererseits draußen vor dem Haus in der Nähe des Einstiegs-Fensters – und zusätzlich von einer zweiten Person, die vielleicht Schmiere gestanden hat.»

«Das ist aber interessant», brummte Koller anerkennend. «Vielen Dank für die gute Arbeit und die Eilbehandlung. Ich bin dafür wirklich dankbar!»

«Gern geschehen! Schönen Tag noch.»

«Danke, ebenfalls.» Koller legte auf.

Gleich würde er die eingescannten Schuhspuren als digitale Fotos per E-Mail erhalten. Die konnte er dann ausdrucken und als Vergleich verwenden, sobald er Schuhe fand, die in Frage kämen. Doch jetzt musste er erst mal eine verdächtige Person haben, um deren Schuhe überprüfen zu können. Außer Manuel und Mirko stand für ihn im Moment niemand im Brennpunkt.

Als die Ausdrucke mit den Schuhspuren vorlagen, schritt Koller unverzüglich zur Tat. Er nahm seine Jacke von der Stuhllehne und verließ die Wache.

Auf dem Kaminski-Hof stieg der Polizist aus dem Streifenwagen.

Im Haus war niemand anzutreffen. Deshalb ging Koller ums Gebäude herum zum Hinterhof. Dort fand er alle Mitglieder der Familie im Treibhaus. Nach der beendeten Hauptprobe waren sie nun am Einrichten für die große Musical-Aufführung.

Die Kids fegten den Boden und stellten Stühle auf. Silvia und Liliane brachten an den Fenstern rotgoldenes Seidenpapier an. Es sah sehr schön aus!

Frau Kaminski trat zum Eingang und begrüßte den Polizisten.

Er nickte und kam gleich zur Sache. «Wann wird Manuel das nächste Mal herkommen?»

«Bald», antwortete sie. «Warum?»

«Würden Sie ihm bitte ausrichten, dass er seine Schuhe mitbringen soll, die er in der Nacht trug, als im Schulhaus eingebrochen wurde?»

«Die muss er nicht mitbringen.»

Koller hob eine Augenbraue und musterte Frau Kaminski abwartend.

«Die sind schon hier», erklärte sie. «Weil das Paar kaputt ist, wartet es in unserem Keller auf die Entsorgung.»

«Ach!» Der Beamte horchte auf. «Die sind kaputt ...»

Nun kamen die Kids ebenfalls näher, um zu sehen, was der Polizist wollte.

Koller blickte Frau Kaminski an. «Wären Sie auf freiwilliger Basis bereit, dass ich mir Manuels Schuhe mal anschauen würde? Um sie mit dem Spurenabdruck aus dem Schulhaus zu vergleichen?»

Mutter nickte. «Selbstverständlich. Wir tragen gerne dazu bei, Manuels Unschuld zu beweisen.»

«Ich hol sie her!», rief Raffi. «Bin gleich wieder da!»

Die Kleine rannte los, und der Polizist nahm die ausgedruckten Fotos der Täter-Schuhabdrücke hervor.

Als Raffi mit Manuels beschädigten Stiefeln zurück war, glich Koller sie mit den Prints ab.

Eine Sohle wies einen Riss auf. Die andere eignete sich hingegen einwandfrei für den Test.

Debora stand aufgeregt daneben. Ihr Herz klopfte bis zum Hals. Jetzt kam der Moment der Wahrheit ... Inständig hoffte sie, dass der Abdruck nicht passte – und dass es am Ende

nicht doch Manuel gewesen war. Der Junge verschwieg doch irgendwas …

Dann gab es allerdings erst mal ein großes Aufatmen.

«Die Spuren im Schulhaus stimmen nicht mit diesen Stiefeln überein.» Koller schaute auf. «Die Sohle des Täters muss aufgrund der Abdrücke einen Glassplitter drin haben. Den hat er sich eingefangen, als er beim Einbruch durchs Fenster in den Scherben der geborstenen Scheibe auf dem Fußboden gelandet ist. Zudem hat sein Profil ein Karo-Muster. Und beides trifft nicht auf Manuels Schuhe zu.»

Die Kids bliesen erleichtert Luft aus. «Na also!»

Koller lächelte. «Der Täter hat zwar daran gedacht, Handschuhe zu tragen, um keine Fingerabdrücke zu hinterlassen. Aber an die Schuhspuren hat er nicht gedacht und sie deswegen auch nicht verwischt. Dabei ist die Übereinstimmung von beidem – Profil und Glassplitter – ein vollkommen eindeutiger Beweis. Wenn der entsprechende Schuh gefunden würde, hätten wir den Täter.»

Der Polizist beugte sich vor und glich nun noch sein zweites Foto ab: Die Schuhspur, die draußen vor dem Schulhaus-Fenster sichergestellt worden war.

Kollers Gesicht verdüsterte sich.

Die Kids hielten die Luft an. Ihnen schwante nichts Gutes.

«Tut mir leid», brummte der Polizist. «Wir haben hier einen Treffer.»

Ernst schaute er auf. «Der Abdruck vor dem Haus stammt von Manuel.»

Kapitel 17

Debora war durch und durch geschockt, dass Manuels Schuhabdruck vor dem Schulhausfenster gefunden worden war. Auch Simon und Raffi wurden blass.

«Das sieht nicht gut aus für Manuel», stellte Polizist Koller in Kaminskis Treibhaus fest. «Die Spur deutet darauf hin, dass er als Komplize des Täters Schmiere gestanden hat. Das würde auch erklären, warum Manuel nach seiner Bus-Ankunft den Weg zum Schulhaus genommen hat und anschließend verdreckt und zu spät bei euch eingetroffen ist.»

«Aber ...», wandte Simon ein. «Manuel hat ja zugegeben, dass er in der Nähe des Schulhauses war.»

«Weil er sich verlaufen hat», ergänzte Raffi. «Und nicht, weil er bei dem Einbruch dabei war.»

Koller schüttelte zweifelnd den Kopf. «Wisst ihr, das mit dem Verlaufen wirkt auf mich ehrlich gesagt nicht besonders überzeugend. Manuel hatte doch Ortskenntnisse! Er hat schließlich monatelang bei euch gelebt und war beileibe nicht zum ersten Mal im Dorf. Und so groß ist dieses nun auch wieder nicht.»

«Tja …» Darauf hatten die Kids auch keine Antwort mehr.

«Manuel soll sich morgen bei mir melden», brummte Koller. «Ich muss ihn dringend zu diesen neuen Erkenntnissen befragen.»

«Okay, wir sagen es ihm.»

Der Polizist tippte sich an die Mütze. «Dann mach ich mich mal wieder auf den Weg.» Er verabschiedete sich und ging zum Ausgang.

Frau Kaminski und die Kids schauten ihm bekümmert hinterher.

Draußen zogen dunkle Wolken am Himmel auf. Es begann zu schneien, schwer und düster.

Debora war den Tränen nahe. «Es spielt keine Rolle, ob Manuel als Täter oder nur als Helfer verurteilt wird», murmelte sie. «Eine einzige Straftat genügt, und er verliert seine Praktikums- und Lehrstelle wegen Verstoßes gegen die Bewährungsauflagen. Das wird ihm seine ganze Zukunft vermiesen!»

Mutter legte ihr den Arm um die Schultern. «Früher oder später wird die Wahrheit ans Licht kommen, ganz bestimmt.»

«Aber wie?», schniefte Debora und löste sich aus der Umarmung.

«Nur der Täter kann Manuels Unschuld bezeugen», stellte Simon fest. «Wenn er zugibt, dass er es allein getan hat. Aber wie könnten wir den Typen bloß finden?»

«Jetzt gibt's doch eine neue Spur», warf Raffi ein. «Die Schuhe! Wir müssen die Sohle mit dem Karo-Muster und der Scherbe drin finden. Die gehört dem Täter – dann haben wir ihn!»

«Und wie soll das gehen?» Simon sah sie fragend an. «Etwa alle Schuhe im ganzen Dorf untersuchen?»

«Ja genau!»

«Das ist unmöglich, Raffi. Das sind viel zu viele.»

«Aber was sollen wir denn sonst tun? Irgendwie müssen wir Manuel doch helfen!»

«Es gibt noch eine andere Möglichkeit», sagte Debora plötzlich und stapfte los. «Eine einzige.»

Simon und Raffi folgten ihr in das Schneetreiben hinaus. «Wo willst du denn hin?»

«Ich tue jetzt etwas, das ich unter normalen Umständen nie machen würde», stieß sie auf dem Weg zum Haus hervor.

Raffi schaute sie bange an. «Und was ist das?»

Debora eilte die Treppe hinauf, holte drinnen im Flur ihre Jacke und zog sie sich im Weggehen über. «Ich fahre jetzt los.»

«Wohin denn?»

«Zu Mirko ins Jugendgefängnis», antworte Debora entschlossen. «Er weiß, wer der Täter ist. Wenn er es uns nicht sagt, finden wir es nie raus.»

In der Abenddämmerung blieb Debora vor dem Jugendgefängnis stehen und betrachtete den kahlen Betonbau mit den schmalen, vergitterten Fenstern.

Sie zögerte. Was würde sie da drin wohl erwarten?

Sollte sie das wirklich tun – bei allem, was zwischen ihr und Mirko vorgefallen war? Sie hatte ihm zuliebe mal die Mutprobe zur Aufnahme in eine Bande gemacht. Und dann hatte er sie verraten und ihr die bitterste Enttäuschung ihres Lebens zugefügt.

Ausgerechnet diesen Jungen nun um etwas bitten zu müssen, war wirklich das Allerletzte ...

Am liebsten wäre Debora umgekehrt und hätte das Ganze bleiben lassen. Aber was würde dann aus Manuel werden?

Sie gab sich einen Ruck und stapfte auf das langgezogene Gebäude zu.

Der Eingang war hell beleuchtet. Verschiedene Kameras spähten von den rohen Betonmauern herab.

Die schwere Tür ließ sich nur mit viel Kraft aufstoßen.

Im schmucklosen Vorraum stellte sich Debora an das Fenster des Empfangs und schaute hinein.

In dem Raum dahinter saß eine uniformierte Beamtin. Sie blickte auf zahlreiche Monitore, die Bilder aus dem Innern des Gebäudes zeigten. Leere Korridore, Aufenthaltsräume, Schulzimmer ...

Debora beugte sich vor und sprach in ein kleines Mikrofon. «Hallo. Ich möchte gerne jemanden besuchen.»

«Wen?» Die Beamtin schaute auf. «Name und Grund des Besuches?»

Debora nannte Mirkos Namen und fügte hinzu: «Ich möchte ihm selbstgebackene Weihnachtsplätzchen bringen. Und eine Einladung fürs Schul-Musical an Weihnachten.»

«Das geht leider nicht», beschied die Frau. «Dazu hättest du dich anmelden müssen. Ich kann ihm die Sachen geben, wenn du möchtest.»

«Aber ...» Aufgewühlt nagte Debora an ihrer Lippe. «Jetzt bin ich den ganzen weiten Weg hergekommen. Könnten Sie nicht vielleicht mal eine Ausnahme machen? Bitte!»

Die Beamtin sah auf die große Uhr an der Wand. «Die Jungs haben vor der Essenszeit noch zwanzig Minuten Freigang. Mal sehen ...»

Sie stand auf und ging durch den Raum nach hinten. Am anderen Ende öffnete die Beamtin ein vergittertes Fenster und schaute in den Innenhof hinaus. «Mirko! Kommst du bitte mal?»

Drinnen erhellten grelle Scheinwerfer den Hof, der von einer fünf Meter hohen Mauer umschlossen war, obendrauf bewehrt mit Stacheldraht ringsherum. Nur zwei Jungs waren bei dem frostigen Wetter hier draußen.

Mirko warf einen Ball in den Korb an der kahlen Mauer.

Dann kam er locker angetrabt. Er trug eine schwarze Trainingshose, Sportschuhe und einen weiten Pulli mit Kapuze. Er sah unbestreitbar großartig aus. Wie immer.

«Du hast Besuch», eröffnete die Beamtin.

Mirko spähte hinein. Als er Debora erkannte, furchte er überrascht die Stirn.

Er überlegte, ob er hineingehen sollte.

Der zweite Junge, der ebenfalls Bälle in Richtung Korb warf, stellte sich neben ihn und musterte Debora neugierig. «Hey, worauf wartest du noch, Mirko? Sieht heiß aus, die Kleine. Ist das deine Weihnachtsbescherung?» Trotz der Kälte trug der Bursche bloß ein ärmelloses Muskelshirt, das seine Tätowierungen zur Schau stellte – zwei furchteinflößende Drachen rankten sich um die kräftigen Oberarme.

Mirko warf ihm den Ball zu und trabte wortlos zum Ausgang des Hofs.

«Du Glückspilz», rief ihm der andere hinterher und grinste schmierig. «Du kriegst die Geschenke wieder mal vor allen anderen!»

Drinnen im schmucklosen Eingangsraum entsperrte die Beamtin das Drehkreuz, damit Debora hindurchkonnte.

Angespannt folgte Debora dem düsteren Korridor zu einer Tür mit der Aufschrift BEGEGNUNGSRAUM.

Mit klopfendem Herzen öffnete sie und trat ein.

Drin war ein Tisch mit Stühlen. Sonst nichts.

Oben in der Ecke hing eine Überwachungs-Kamera. Debora konnte sich vorstellen, wie sie nun auf einem der Bildschirme bei der Frau am Empfang zu sehen war. Das beruhigte sie ein bisschen. So war sie wenigstens nicht ganz allein auf sich gestellt. Sollte Mirko irgendwie ausflippen, würde man bestimmt eingreifen.

Hoffte sie zumindest …

2

Kapitel 18

Debora setzte sich in dem kahlen Begegnungszimmer im Jugendgefängnis an den Tisch und legte die Klarsichttüte mit den Plätzchen vor sich in die Mitte der Fläche. Die Einladung fürs Weihnachts-Musical schob sie daneben.

Während sie auf Mirko wartete, fragte sie sich wieder, ob das wirklich eine gute Idee gewesen war, hierherzukommen. Ihr wurde immer unwohler zumute. Schließlich hatte sie schon sehr unangenehme Erfahrungen mit Mirko gemacht. Und ausgerechnet dieser Typ, der sie so gedemütigt hatte, würde nun gleich auftauchen …

Mit einem Ruck ging die Tür auf.

Mirko kam herein.

Er schloss die Tür und lehnte sich an den Holzrahmen.

Abwartend verschränkte er die muskulösen Arme vor der Brust.

Eine Weile blieb alles still.

Dann murmelte er: «Was willst du?»

«Du weißt genau, warum ich hier bin.»

«Ach ja?»

Debora hatte nicht vor, sich auf irgendwelche Spielchen einzulassen. «Mirko, hör auf damit. Du kennst den Täter.»

Der Junge schwieg. Zuckte mit der Schulter.

Deboras Puls schoss in die Höhe, und ihre Stimme wurde lauter. «Du hast gesehen, wie er ins Schulhaus einstieg. Du weißt alles.»

Mirko hob die Brauen. «Ich habe keine Ahnung, wovon du sprichst.»

Debora stand auf. «Keine Ahnung?» Sie schlang die Arme um ihre Schultern und ging im Raum herum. «Dass ein Unschuldiger verurteilt wird, ist dir egal? Für Manuel geht es um alles. Du kennst das doch, Mirko – du kannst dich doch in ihn hineinversetzen!»

Sie riss sich zusammen und zwang sich, stehenzubleiben und wieder ruhiger zu sprechen. «Mirko, Manuel ist immer in Heimen gewesen. Von einer Pflegefamilie zur nächsten weitergereicht worden. Ihm ist es dreckig gegangen. Und du kannst ihm jetzt helfen, damit es nicht wieder so kommt. Dies ist seine letzte Chance! Wenn ihm die genommen wird, dann ...» Sie schaute Mirko in die Augen. «Du müsstest doch am besten wissen, wie es ist, in Jugendhaft zu sitzen. Du ...»

Plötzlich konnte sie nicht mehr. Sie wollte nicht weinen, auf keinen Fall – trotzdem schossen ihr die Tränen in die Augen. Sie hätte sich ohrfeigen können, vor Mirko zu heulen. Aber sie kam nicht dagegen an.

Verzweifelt ließ sie sich auf den Besuchersessel fallen und vergrub den Kopf in den Händen. Weil es ihr so peinlich war, dass Mirko sie heulen sah. Und weil sie merkte, dass sie es nicht schaffte, ihn zu überzeugen. Er würde ihr den Namen des Täters ganz sicher nicht verraten. Niemals.

Mirko lehnte noch immer am Türrahmen. Suchend tastete er nach einem Taschentuch, hatte aber keins bei sich. Federnd stieß er sich ab, trat an den Tisch und setzte sich hin.

Eine Weile lang musterte er Debora stumm.

Dann seufzte er und verzog die Lippen.

«In der Nacht damals ...», murmelte er mit tonloser Stimme. «Manuel kam gleichzeitig mit mir im Bus an. Ich sah, dass er Richtung Schulhaus geht, also den falschen Weg nimmt, der gar nicht zu euch führt. Deswegen bin ich ihm gefolgt. Nur um zu sehen, wo er hingeht. Auf dem Pausenhof hör ich plötzlich ein Klirren. Und da seh ich ihn, wie er durch das aufgebrochene Fenster ins Schulhaus einsteigt.»

Debora blickte auf und schaute den Jungen durch einen Tränenschleier an. «Wen?», fragte sie blass. «Manuel?»

«Nein.»

«Wen dann?»

«Wen anders.» Mirko schaute weg. «Mehr sage ich nicht.»

«Mirko, es ist wichtig!»

Er überlegte.

Dann verzog er den Mund.

«Ich verrate nie jemanden», murmelte er. «Tut mir leid, aber diese Regel steht über allen anderen. Was meinst du, wie ich hier den Alltag sonst überleben würde? Im Knast sind Petzer nicht gerade beliebt, das kannst du mir glauben.»

«Und was meinst du, wie Manuel das überleben wird? Willst du wirklich, dass ein Unschuldiger verurteilt wird, obwohl du ihm helfen könntest? Kannst du damit leben?»

Mirko senkte den Blick.

«Hör zu», sagte er. «Ich bin kein Verräter. Sorry.»

Debora wartete eine Weile. Dann stützte sie sich an der Tischfläche auf und sah Mirko durchdringend an.

«Schau mal, Mirko», sagte sie ernst. «Jemanden nicht zu verraten, kann wirklich gut sein. Es fragt sich aber, um wen es geht. In diesem Fall hier schützt du den Täter. Nicht das Opfer. Mit deiner Regel hältst du zum Täter, nicht zum Opfer. Ist es das, was du willst?»

Der Junge schwieg.

«Mirko.» Sie beugte sich vor. «Geh zur Polizei und sag, was du gesehen hast.»

«Vergiss es.» Entschieden schüttelte er den Kopf. «Ich gehe ganz bestimmt nicht zur Polizei. Niemals. Das kannst du vergessen.»

Sie wartete.

Hoffte, er würde es sich vielleicht noch anders überlegen.

Doch nach einer Weile wurde immer klarer, dass endgültig nichts zu machen war. Mirko blieb stumm.

Leise sagte Debora: «War das dein letztes Wort?»

Er nickte.

Sie schluckte leer.

Bleich stand sie auf. Maßlos enttäuscht und vollkommen bestürzt.

Er blickte noch immer zu Boden.

Debora ging zur Tür.

Öffnete sie. Verließ den Raum.

Auf dem Flur brach eine Welt in ihr zusammen. Sie hatte es nicht geschafft, Manuel zu helfen. Sie hatte alles versucht. Aber es hatte nicht gereicht.

Mirko sah ihr nachdenklich hinterher. Sein Blick blieb auf Debora gerichtet, noch lange, nachdem die Tür ins Schloss gefallen war.

Kapitel 19

Manuel kam abends im stimmungsvoll beleuchteten Kaminski-Dorf an, um übers verlängerte Wochenende bis nach Weihnachten zu bleiben. Die Bushaltestelle war ein beliebter Treffpunkt der Jugendlichen. Es gab hier keine Erwachsenen, die sie im Dunkeln beobachteten. Tim, Julia, Kai und ein paar andere Banfits waren da, um zu plaudern, bevor sie weiterzogen – nach Hause, ins Training oder zur Musikprobe.

«Mann, ey!» Julia zog ihre übliche Schnute. «Ist das vielleicht eine arktische Kälte heute!»

Die Jungs hüpften von einem Bein aufs andere und pressten die Arme an den Körper. Vom Frost ließ sich keiner von ihnen so leicht vertreiben. Auch der Schnee, der ganz fein vom Himmel rieselte, störte sie nicht weiter.

Dröhnend bog ein Bus um die Ecke und bremste an der Haltestelle ab. Alle hielten Ausschau, ob vielleicht neue Kumpels ankamen.

Als Manuel ausstieg, wurden sämtliche Gespräche unterbrochen.

«Hey!», rief Tim. «Das ist doch der Typ, der die Aula unter Wasser gesetzt hat!»

«Yo!», stimmten die anderen ein. «Der hat hier nichts verloren!»

Der Bus fuhr wieder los.

Manuel wandte sich um und ging wortlos in die Nacht davon.

Doch die Banfits rannten ihm hinterher, umrundeten ihn und versperrten ihm den Weg.

«Du Abschaum!», schrie einer. «Du bringst bloß Unglück ins Dorf!»

«Affensohn», fluchte ein anderer. «Auf dich hat hier keiner gewartet! Geh doch zurück auf die Palme, wo du herkommst!»

Weit und breit war niemand zu sehen.

Drohend schlossen die Banfits den Kreis um Manuel immer enger.

Die weihnächtliche Beleuchtung wirkte wie ein Hohn gegenüber der feindlichen Stimmung. Anstelle der Wärme, die das Licht vermitteln sollte, schimmerte es nun unheimlich und gefährlich.

Manuel versuchte sich zwischen den Jungs hindurchzudrücken. Doch da war kein Durchkommen.

Sie rempelten ihn an und schubsten ihn hin und her.

«Lasst das!», zischte Manuel. «Ich hab überhaupt nichts getan!»

«Tsss, er ist ein Unschuldslamm», spottete Julia.

Tim baute sich vor ihm auf. «Gib's doch zu! Du hast ja schon

einiges auf dem Kerbholz – hast sogar schon mal Schmiere gestanden bei einem Tankstellenüberfall, wie man so hört!»

«Yo!», fielen die anderen ein. «Du kennst dich aus mit so was. Also warst du's auch diesmal!»

«Genau!», rief Kai. «Du warst es!»

Einige bückten sich nach Schnee, und einer filmte mit dem Handy.

Ein harter Schneeball traf Manuel am Rücken. Als er sich umdrehte, erwischten ihn weitere Brocken an der Brust.

Ein gefrorener Eisklumpen verfehlte sein Gesicht nur um Haaresbreite. Manuel fröstelte bei dem Gedanken, dass der ihn fast im Gesicht erwischt hätte.

Johlend warfen die Banfits weitere Schneebälle. «Krass, Mann! Dem verpassen wir eine deftige Abreibung, ey!»

In diesem Moment gelang es Manuel, eine Lücke zu finden. Entschlossen stürmte er hindurch. Im Hagel der Schneebälle hob er den Arm über den Kopf und flüchtete. Ein Brocken traf ihn hart am Hals.

«Hau bloß ab!», brüllten die Banfits ihm nach. «Lass dich nie wieder hier blicken! Sonst machen wir dich fertig!»

Manuel rannte und rannte und rannte. Erst Minuten später wagte er zurückzublicken.

Ihm war niemand gefolgt. Er war ganz allein.

Außer Atem blieb er stehen und sah sich um. Da hing die Weihnachtsbeleuchtung über der Dorfstraße, die großen gelben Sterne leuchteten in die Stille des Abends hinein. Und die Lichterketten in den Fenstern der umliegenden Häuser warfen heimeliges Licht auf den Schnee in den Vorgärten.

Doch das alles täuschte nicht über die einsame Kälte seiner Lage hinweg.

Manuel rieb sich die schmerzenden Stellen, an denen die eisigen Schneebälle ihn getroffen hatten.

Dann ging er langsam weiter. Über knirschenden Schnee, die Hände in die Taschen seiner Jacke vergraben. Er zog die Schultern hoch und den Kopf ein. Am liebsten wäre er im Boden versunken.

Das Leben, dachte er, war schon immer ungerecht gewesen. Und jetzt, wo es endlich einen Lichtschimmer gab, mit seiner Lehrstelle und mit Debora, jetzt geschah wieder so etwas, das alles kaputt machte. Das Leben würde mies bleiben. Die Leute hatten ihm ja schon immer gesagt: Du warst nie was, und aus dir wird auch nie was werden. So war das. Genau so.

Während er weiter den schneebedeckten Gehsteig entlangtrottete, wurden seine Gedanken immer düsterer. Was nützt es, dachte er, sich zu ändern, an sich zu arbeiten? Wenn man mir was anhängen will, dann hängt man es mir an, fertig. Und ich bin am Schluss der Dumme. Der Verlierer. Immer.

Doch dann sagte er sich, dass er vielleicht einfach zu viel Wert auf die Sprüche dieser Typen im Dorf legte. Es gab ja auch Leute, die zu ihm hielten. Die Kaminskis. Und Debora – das war doch viel wichtiger ... Aber genau die Leute, die er mochte, wurden seinetwegen in die Sache reingezogen. Das ganze Dorf stellte sich gegen sie. Er fiel ihnen bloß zur Last.

Vielleicht hatte doch alles keinen Sinn.

Er könnte ebenso gut alles hinschmeißen. Einfach alles hinschmeißen. Das wäre das Beste ...

Er blieb stehen. Unschlüssig überlegte er, ob er umkehren sollte.

Er konnte sich nicht entscheiden.

Leise rieselte der Schnee auf ihn herab und setzte sich überall auf ihm fest.

Auf dem Kaminski-Hof schauten sich Simon und Raffi besorgt an.

«Wo bleibt Manuel denn?», fragte Raffi. «Er müsste doch längst hier sein.»

Zwockel lief unruhig im Raum herum. So als würde er spüren, dass etwas nicht in Ordnung war …

Raffi furchte die Stirn. «Und Debora ist auch noch nicht zurück vom Jugendgefängnis.»

«Die ist bestimmt auf dem Heimweg. Wohl im Zug.»

In diesem Moment klopfte es an der Haustür.

Sofort sprangen die Kids auf und rannten hin. Auch Zwockel war an vorderster Front dabei.

Simon öffnete die Tür.

Draußen stand ein Junge mit hängenden Schultern.

«Hallo», murmelte er leise.

«Endlich!», rief Raffi. «Da bist du ja, Manuel.»

«Komm rein!» Simon nahm dem Jungen die Reisetasche ab. «Ich mach uns erst mal was Heißes zu trinken.» Er klopfte Manuel auf den Rücken. «Geh du schon rauf in mein Zimmer und mach's dir bequem. Wir kommen auch gleich hoch!»

Kapitel 20

Simon, Raffi und Manuel saßen mit dampfenden Tassen in Simons Zimmer. Doch es wollte keine gemütliche Stimmung aufkommen. Manuel war schweigsam und in sich gekehrt.

«Ist was passiert?», fragte Raffi schließlich.

Der Junge schüttelte den Kopf. «Ach, nichts.»

«Und das da?» Simon deutete auf den blauen Fleck an Manuels Hals. «Ist das auch nichts?»

«Nicht der Rede wert», murmelte Manuel. «Ein paar Typen haben mich angepöbelt.»

«Die glauben immer noch, du warst es.» Simon nahm einen Schluck Tee. «Manuel, vielleicht hat dich an dem Abend ja irgendwo jemand gesehen und könnte dir ein Alibi für die Tatzeit verschaffen. Das würde sehr helfen ...»

«Nein», seufzte Manuel. «Mich hat keiner gesehen. Es war dunkel und stürmisch.»

«Hör mal», hakte Simon ernst nach. «Die Polizei glaubt, dass du bei dem Einbruch im Schulhaus dabei warst. Nicht als Haupttäter, aber als Komplize, der vor dem Haus Schmiere stand. Wir müssen jetzt endlich was unternehmen, um deine

Unschuld zu beweisen! Die Sache könnte ganz eng werden für dich! Weißt du denn rein gar nichts mehr von der Nacht damals, das dich entlasten könnte?»

Manuel blickte sich hilflos im Zimmer um. «Ich ...»

Er rang mit sich.

Schließlich gab er sich einen Ruck.

«Also gut», murmelte er. «Jetzt wo Debora nicht da ist, kann ich es ja sagen ...» Er holte tief Luft. «Ich habe mich nicht verlaufen.»

Raffi schaute überrascht auf. «Was?»

«Ich ... ich war noch woanders an dem Abend», begann Manuel stockend. «Unterwegs von der Bushaltestelle bin ich dort hingegangen. Und dabei kommt man eben am Schulhaus vorbei.»

«Wohin gegangen?» Simon musterte den Jungen angespannt.

«Zu Heinemanns Pferdefarm», antwortete Manuel. «Und weil man von da einen Feldweg gehen muss zum Kaminski-Hof, waren meine Sachen auch so schlammverspritzt.»

«Was hast du denn auf der Pferdefarm gewollt?», fragte Simon, wobei es ihm selbst schon schwante.

«Ihr dürft Debora nichts davon verraten, klar?» Manuel sah die Kids eindringlich an. «Ich war dort, um Deboras Weihnachtsgeschenk zu kaufen.»

«In echt? Abends um neun?»

«Ja, einen Geschenkgutschein fürs Reiten.»

Simon blies Luft aus. «Wieso hast du das denn nicht schon

viel früher erzählt? Dann hast du ja einen Zeugen für die Tatzeit!»

«Eben nicht!», stieß Manuel hervor. «Der Pferde-Farmer hat mich nicht gesehen. Ich hab bloß das Geld in seinen Briefkasten gelegt und meine Adresse dazugetan, damit er mir den Gutschein schicken kann.»

«Dann kann er aber immerhin bezeugen, dass du bei ihm warst», wandte Raffi ein.

«Ja, aber nicht, um welche Uhrzeit. Das könnte irgendwann in der Nacht gewesen sein, irgendwann, bevor er den Briefkasten leerte.» Manuel blickte auf. «Sonst hätte ich's euch doch schon längst gesagt, wenn ich einen Zeugen hätte, ich bin ja nicht blöd! Aber so hätte es gar nichts genützt. So wäre bloß zu allem Übel auch noch die Überraschung für Debora futsch gewesen. Also hab ich's für mich behalten.»

«Es wäre trotzdem besser gewesen, du hättest es uns gesagt», murmelte Simon.

Manuel schüttelte den Kopf. «Das spielt jetzt eh keine Rolle mehr. Ich kann meine Unschuld nicht beweisen, und damit gelte ich als schuldig. Die Sache ist gelaufen.» Er stand auf und zog sich die Jacke über. «Am besten geh ich wieder zurück in die Stadt. Ich bringe allen immer nur Unglück.»

Manuel griff nach seiner Reisetasche und trat zur Tür.

«Nein, bleib doch», sagte Raffi schnell. «Wir helfen dir. Wir kriegen das schon irgendwie hin.»

Doch der Junge trottete weiter. Jetzt war er bereits auf der Treppe, die ins Erdgeschoss hinabführte.

«Warte!», rief Simon ihm hinterher. «Mach keinen Unsinn! Wir finden sicher eine Lösung!»

Die Kids folgten ihm rasch.

Manuel stapfte schon unten durch den Flur.

Vor der Haustür blieb er stehen und wandte sich um. «Hört zu. Ich will euch keine Schwierigkeiten bereiten. Ihr wart viel zu gut zu mir – ich will nicht, dass ihr meinetwegen Probleme kriegt.»

«Aber Manuel», begann Raffi, «warte doch wenigstens, bis Debora da ist und ihr darüber reden ...»

«Nein.» Manuel ließ sie nicht ausreden. «Ich möchte euch und Debora nicht zur Last fallen. Es ist das Beste, wenn Debora mich so schnell wie möglich vergisst.» Er schluckte leer. «Ich fahre jetzt zurück. Macht's gut. Danke für alles.»

Während Manuel die Tür öffnete, warf er einen letzten Blick zurück. Ein Schimmer von Tränen lag in seinen Augen. «Sagt Debora Lebwohl von mir ...»

Damit verließ er das Haus.

«Manuel!» Die Kids schauten sich ratlos an. Sie hatten keine Ahnung, was sie tun sollten.

Debora stapfte mit knirschenden Schritten den verschneiten Gehsteig entlang und zweigte von der Dorfstraße zum Kaminski-Hof ab. Es war stockdunkel. Noch immer rieselte der Schnee leise vom Himmel herab.

Plötzlich sah sie jemanden aus dem Haus treten und im Finstern auf sich zukommen.

Ein Junge. Mit einer Reisetasche.

«Manuel», staunte Debora. «Wo willst du denn hin?»

«In die Stadt», murmelte er. «Es ist ausweglos. Es hat keinen Zweck.»

«Genau das darfst du jetzt nicht tun.» Eindringlich schaute sie ihm in die Augen. «Wir lassen uns von den Leuten nicht auseinanderbringen. Hörst du? Wir nicht.»

Er zögerte. Überlegte, ob er hart bleiben sollte.

Sie sah sich um, und ihr Blick fiel auf das Iglu auf dem Vorplatz.

«Lass uns da reingehen», schlug sie vor. «Da können wir in Ruhe alles bereden.»

«Okay», meinte er. «Reden können wir ja.»

Sie gingen zum Eingang der Schneehütte, sanken in die Knie und krochen hinein.

Drinnen hob Debora ihr Handy und leuchtete damit, bis Manuel die Kerze auf dem Boden angezündet hatte.

Als die Flamme warmes Licht verbreitete, machte Debora das Handy aus. «Tja, Mirko will nicht verraten, wer der Täter ist», begann sie verhalten. «Aber immerhin ist inzwischen bewiesen, dass du nicht im Schulhaus drin gewesen bist.»

«Ich steh trotzdem unter Verdacht», murmelte Manuel niedergeschlagen. «Auch wenn ich bloß als Helfer bei dem Einbruch drankomme, verliere ich meine Stelle.» Er schüttelte den Kopf. «Ich habe mir die Weihnachtszeit mit dir so schön vorgestellt. Und jetzt ...»

«Im Leben gibt's nun mal nicht immer nur Friede, Freude, Eierkuchen. Es geht doch darum, zusammenzuhalten.» Debora blies sich auf ihre kalten Finger. «Und das tun wir. Ich halte zu dir, egal was passiert.»

Manuel schaute auf. Ein zärtlicher Blick trat in seine dunkelbraunen Augen.

Er nahm ihre Hände in seine und rieb sie ganz sanft, um sie zu wärmen.

Die beiden sahen sich lange an. Der Kerzenschein warf flackerndes Licht auf die Schneewände.

Debora fand, so könnte es für immer bleiben. Für immer. Sie hätte nichts dagegen ...

Da piepste ihr Handy. Eine SMS war eingetroffen.

Debora las die Nachricht, und ihre Züge hellten sich noch mehr auf.

Manuel musterte sie fragend. «Von wem ist es?»

«Von Mirko», antwortete sie. Irgendwie berührte es sie, dass Mirko ihre Nummer von früher her immer noch hatte.

«Und?», hakte Manuel nach. «Was steht drin?»

«Ein Name.»

«Ein Name?»

«Ja», sagte Debora und blickte auf. «Der Name des Täters.»

«Was?» Manuel hielt die Luft an. «Und wer ist es?»

«Lass uns Simon und Raffi holen», lächelte Debora. «Und dann nichts wie los – zum Täter!»

Kapitel 21

Im wachsenden Schneegestöber der Nacht gingen die drei Kids mit Manuel und Zwockel auf ein erleuchtetes Einfamilienhaus zu. Sie schoben die Glastür des Windfangs auf und klingelten an der Tür.

Nichts geschah.

Raffi war ganz aufgeregt und blieb im sicheren Schutz hinter ihren Geschwistern stehen.

Nach einer Weile wurde die Tür geöffnet.

Ein Mann mit Krawatte sah die Kids fragend an. «Ja?»

«Guten Abend», grüßte Simon. «Ist Ihr Sohn da?»

Der Mann blickte stirnrunzelnd auf die Uhr. «Schon ziemlich spät, nicht?»

«Es ist wichtig.»

«Also gut. Wartet kurz.»

Damit verschwand der Mann im Innern. Zwockel schnüffelte neugierig an den Schuhen, die im Windfang am Boden aufgereiht waren.

Im Haus näherten sich Schritte. Ein Junge trat an die Tür und verzog den Mund. «Was wollt ihr denn?»

«Das Versteckspiel ist vorbei», eröffnete Debora. «Komm mit, Kai.»

«Was?» Der Junge starrte sie an. «Wohin denn?»

«Zur Polizei.»

«Wieso das denn?» Kai sah sich verunsichert um. «Was soll das? Ich hab nichts getan ...»

«Nichts getan?» Manuel trat vor. «Deinetwegen hab ich die ganzen Schwierigkeiten bekommen, und du sagst, du hättest nichts getan?» Er versuchte, seine Stimme zu dämpfen. «Du hast meine Zukunft aufs Spiel gesetzt!»

«Zukunft? Aufs Spiel gesetzt?» Kai hob die Schultern. «Ich hab keine Ahnung, wovon du sprichst.»

«Gib's doch zu!», rief Raffi. «Du warst es!»

Simon nickte. «Komm, Kai, es hat keinen Sinn, es abzustreiten. Der Fall ist völlig kl...»

In diesem Moment warf Kai die Tür zu.

Zwockel bellte wild, und Manuel drückte auf die Klingel. «Mach sofort wieder auf!» Wütend hämmerte er mit der Faust gegen das Holz. «Komm raus! Steh zu dem, was du getan hast!»

Simon und Debora versuchten, Manuel ein wenig zurückzuziehen und zu beruhigen.

Als der Junge schwer atmend innehielt, hörte man Kai durch die Tür rufen: «Haut ab! Ihr habt eh keine Beweise!»

«Klar haben wir Beweise!», konterte Raffi. «Wir haben einen Zeugen!»

«Mag sein», murmelte Manuel neben ihr leise. «Aber leider wird der nicht aussagen.» Traurig blickte Manuel zur Straße hinüber. Im Schein der Laterne tanzten die Flocken wild durch die Nacht. «Ich hab mir schon gedacht, dass das alles zu schön ist, um wahr zu sein. Mirko hat zwar gesehen, wie Kai ins Schulhaus eingestiegen ist, aber er würde das niemals vor der Polizei aussagen.»

«Das ist leider wahr.» Debora schaute sich verzweifelt um.

Dabei fiel ihr Blick auf die Schuhreihen am Boden. Rechts standen die von Kais Mutter, daneben die von seinem Vater und links die von Kai.

«Mal sehen ...» Debora bückte sich und drehte einen Winterstiefel von Kai um.

Drinnen im Haus war es auffällig ruhig.

Beim dritten Stiefel begann Debora nach einem kurzen Blick auf die Sohle zu lächeln. «Schau einer an!» Stolz hielt sie den Schuh hoch. «Karo-Profil! Mit einem Glassplitter drin!»

«Das ist er!», strahlte Raffi. «Der Schuh des Täters, genau wie Polizist Koller ihn beschrieben hat! Ich hab's gewusst, so finden wir den Täter!»

Auch die Jungs entspannten sich. «Jetzt brauchen wir gar keinen Zeugen mehr!», seufzte Manuel erleichtert.

«Stimmt, dieser Beweis genügt», stellte Simon fest. «Kai hat zwar an die Fingerabdrücke gedacht und Handschuhe getragen – aber dass auch Schuhspuren genommen werden, hat er nicht gewusst. Damit ist er eindeutig überführt!»

Mit lautem Gepolter ging in diesem Moment an der Seite des Hauses ein Fenster auf.

Ein Schatten sprang heraus und stürmte davon.

«Kai haut ab!», rief Debora.

«Oh-oh», machte Raffi besorgt. «Wenn der bloß nicht entwischt ...»

Simon, Manuel und Zwockel nahmen sofort die Verfolgung auf und rannten dem flüchtenden Kai hinterher.

Debora holte ihr Handy heraus und machte ein Foto von der Karo-Schuhsohle mit der Glasscherbe drin. Dann stellte sie den Stiefel wieder hin und knipste ihn noch mal. «Damit wir beweisen können, wo der Schuh gestanden hat und wem er gehört», erklärte sie Raffi.

«Alles klar. Aber was tust du denn jetzt?» Staunend verfolgte die Kleine, wie Debora nach vorne zur Straße ging. Dort eilte sie ein Stück den Gehweg entlang und hielt bei einem Metallkasten an. Schnell zog sie einen Beutel für Hundekot heraus.

Damit kam sie zum Haus zurück und steckte den Vorderteil des Stiefels in die Tüte. «So werden keine Spuren an der Sohle verwischt», erläuterte sie.

«Ach so», murmelte Raffi beeindruckt. «Du denkst aber auch wirklich an alles!»

Debora nickte und richtete sich auf. «Jetzt fehlt nur noch der Täter ...»

Kaum hatte sie das ausgesprochen, kamen die Jungs um die Ecke gebogen.

Simon und Manuel. Zwockel trabte an ihrer Seite.

Und in der Mitte trottete Kai schweißnass mit gesenktem Kopf voran.

Manuel hielt den Jungen am Nacken fest, damit er nicht mehr fliehen konnte.

«Mannomann ...» Raffi seufzte erleichtert auf. «Zum Glück habt ihr ihn erwischt!»

Simon lächelte und sah Kai an. «So, und jetzt geht's zur Polizei. Dann kannst du auch gleich aussagen, dass du die Tat alleine begangen hast, ohne Komplizen.»

Überrascht sah Kai auf. «Warum sollte ich's denn nicht alleine getan haben? Wozu sollte ich einen Komplizen benötigen?»

«Zum Beispiel zum Schmierestehen.»

«Das war doch überflüssig!», stieß Kai hervor. «Wenn Mirko mich nicht zufällig gesehen hätte, wäre um die Uhrzeit überhaupt niemand in der Nähe gewesen!»

Debora atmete auf. Sie schaute zu Manuel hinüber und warf ihm einen liebevollen Blick zu. Er war für sie der Held des Tages – weil er den Täter eingefangen und zurückgebracht hatte. Und weil nun endgültig seine Unschuld bewiesen war.

Zwockel sprang aufgeregt um alle herum.

Lachend streckten sich die Kids die Handflächen entgegen.

«Check!»

«Check!», rief Raffi mit leuchtenden Augen und verpasste dabei doch glatt, wie Manuel und Debora sich hinter ihrem Rücken einen raschen Kuss zuhauchten.

Kapitel 22

Im späten Nachmittagslicht schimmerte das erleuchtete Gewächshaus schon von außen einladend durch die Glaswände hindurch. Obwohl noch keine Gäste da waren, schmückten bereits viele glitzernde Lichter den Eingang.

Auf dem Weg dorthin nahm Manuel plötzlich Debora beiseite und schaute sie ernst an. «Du, ich muss dir noch was sagen ...»

Sein Gesichtsausdruck ließ sie stocken.

Besorgt folgte sie ihm zu dem schneebedeckten Durchgang neben dem Geräteschuppen. «Was ist denn?»

«Ich ...» Manuel blickte hinauf zum Wald über dem Fluss hinter den Treibhäusern. Die Sonne stand schon tief. «Ich kann es nicht länger verschweigen ...»

Debora schluckte leer.

«Also», begann er. «Ich muss dir jetzt erzählen, wo ich an dem Abend war, als ich verspätet bei euch ankam.»

Mit angehaltenem Atem sah Debora ihn an. Und wartete.

«Die Sache ist so», eröffnete er. «Aus Rücksicht auf deine Familie sage ich es dir jetzt, weil am Abend ... da gibt es ja für alle nur *ein* Geschenk.»

Debora war total verwirrt. «Nur *ein* Geschenk?» Sie hatte keinen blassen Schimmer, was Manuels Geständnis jetzt mit den Geschenken zu tun haben sollte.

«Na ja», murmelte er. «Weil eben jeder nur eins bekommt, hab ich gedacht, es ist besser, wenn ich dir mein Geschenk schon jetzt gebe.»

Vollkommen überrascht verfolgte sie, wie er ein Kuvert hervorholte und es ihr hinstreckte.

Ohne zu überlegen, öffnete sie es.

Drin war ein Gutschein für mehrere Stunden Ausreiten auf der Pferdefarm.

Ihr blieb fast die Luft weg. «Du hast das alles auf dich genommen, nur um mir ein Überraschungs-Geschenk zu machen?» Ohne etwas dagegen tun zu können, traten Tränen der Rührung in ihre Augen. «Und dann noch so ein schönes. Für mein liebstes Hobby ...»

Sie wischte ihre Tränen weg.

Manuel hatte ein strahlendes Lächeln im Gesicht. Seine Überraschung war nach all dem Ärger doch noch voll gelungen.

Dann sprachen beide eine Weile lang nicht mehr.

Er legte seine Arme um sie. Gemeinsam schauten sie zu, wie der rote Feuerball am Himmel hinter dem Waldrand langsam unterging.

Manuel hielt Debora so lange fest, bis die Sonne ganz verschwunden war.

Erwartungsvoll betraten die ersten Gäste das erleuchtete Gewächshaus. Der Raum war bis hinten mit Stuhlreihen gefüllt.

Beim Reinkommen duftete es nach Orangen und Zimt. Gedämpft waren sanfte Panflötenklänge zu hören. An den Fenstern hingen vor dem rotgoldenen Seidenpapier Früchte an langen Stoffbändern, im Wechsel mit Zimtstangen und Anissternen.

Der orientalische Duft passte gut zur neuen Kulisse. Das Bühnenbild sah mit den Palmen noch einen ganzen Tick echter aus als ohne die Pflanzen, weil es einen realen Eindruck vermittelte von der Gegend rund um Bethlehem damals, wo sich die Weihnachtsgeschichte wirklich abgespielt hatte.

Im Bild mit den Hirten und Schafen vor dem Sternenhimmel fehlte trotzdem noch immer ein Stück. Doch Liliane hatte die perfekte Lösung gefunden. Zwockel würde einen Hirtenhund spielen und so die Lücke verbergen …

Ganz vorne rechts montierte der Reporter vom Fernsehen seine Filmkamera auf einem Stativ. Von hier hatte er den besten Blick auf die Bühne, ohne dem Publikum die Sicht zu verdecken.

Der Zuschauerbereich war mit Teppich ausgelegt, was dem

Raum noch mehr Wärme verlieh. Zudem konnte man sich so notfalls mit einem Kissen auf den Boden setzen, falls wegen des großen Andrangs keine Stühle mehr frei wären. Heute wurde ein so zahlreiches Publikum wie noch nie erwartet, weil das Fernsehen dabei war und der Fall um das Musical in den letzten Tagen laufend im Gespräch gewesen war. Diese Show wollte sich keiner entgehen lassen.

Eine halbe Stunde vor Beginn der Aufführung trat Polizist Koller ins Treibhaus. Sofort waren Manuel und die Kids bei ihm.

«Was passiert denn nun?», fragte Raffi neugierig. «Wie geht's jetzt weiter?»

«Die Schuhspuren am Tatort im Schulhaus passen zweifelsfrei zu Kais Stiefel», erklärte der Beamte. «Seine Schuld ist somit eindeutig bewiesen. Kai hat es auch nicht weiter abgestritten und auch zugegeben, warum er es getan hat. Er war so enttäuscht darüber, seine Wunschrolle im Musical nicht zu kriegen – das fand er einfach furchtbar ungerecht. Und er wäre so gerne ins Fernsehen gekommen …» Koller kratzte sich am Kinn. «Ich denke, der Junge kann's wohl schlecht ertragen, seinen Willen nicht zu kriegen. Und gerade als Neuzugezogener wollte er allen zeigen, dass er auch jemand ist.»

«Ach ja?» Simon hob die Augenbrauen. «Und zu diesem Zweck flutet er die Aula?»

«Bei Kai sind die Sicherungen durchgebrannt», brummte der Polizist. «Er fand, wenn er nicht richtig mitmachen kann, dann soll gleich das ganze Musical nicht stattfinden. Mir sagte er, die Sache sei an dem Abend im Schulhaus außer Kontrolle geraten. Er konnte den Wasserfluss nicht mehr stoppen. Da ist er in Panik geraten und einfach abgehauen.»

«Aber mit so einem Risiko musste er doch rechnen», warf Debora ein. «Wenn man einen Saal unter Wasser setzt, kann die Sache leicht außer Kontrolle geraten. Das nimmt man doch bewusst in Kauf!»

«Da hast du Recht.» Koller nickte ernst. «Dafür wird Kai auch bestraft. Er hat sich entschuldigt, und seine Eltern kommen für den Schaden auf. Das wird sie eine ganze Stange Geld kosten.»

«Und was kriegt Kai für eine Strafe?», wollte Manuel wissen.

«Die Gemeinde als Geschädigte hat keine Anzeige erstattet, weil Kai eingesehen hat, dass er einen Fehler gemacht hat. Aber es wurde mit ihm vereinbart, dass er während der ganzen Ferien und der nächsten zehn freien Samstage einen harten Arbeitseinsatz auf dem Werkhof leisten muss.»

Polizist Koller legte Manuel die Hand auf die Schulter,

blickte rundherum und sagte laut: «Jedenfalls ist jetzt deine Unschuld endgültig bewiesen, Manuel.»

Als Frau Kummer und andere Dorfbewohner das hörten, wandten sie verlegen ihre Köpfe ab.

Debora dagegen suchte Manuels Blick. Seine braunen Augen strahlten sie an, und sein Lächeln ließ wieder einmal die Sonne in seinem Gesicht aufgehen. Endlich wieder.

Kapitel 23

Kurz vor Beginn des Musicals kam Mirko mit seinem Bruder und seinem Vater ins Gewächshaus und setzte sich in die letzte Zuschauer-Reihe. Als Debora ihn sah, warf sie ihm einen dankbaren Blick zu. Nur weil Mirko sich überwunden hatte, den Namen doch noch zu nennen, konnten sie den Täter finden. Sonst wäre alles ganz anders rausgekommen …

Mirko lächelte für einen kurzen Moment zurück. Dann schaute er nach vorne zur Bühne.

In diesem Moment eilte Ergün zu Mirko. «Hey, könntest du vielleicht an der Technik einspringen, Mirko? Der Assistent fällt aus – Kai wird wohl nicht mehr kommen. Und du hast doch früher im Jugendhaus auch gerne gemixt.»

Mirko blickte verdutzt hoch. «Ist das dein Ernst, Ergün? Du willst mir echt diese Verantwortung übertragen?»

«Ja klar, Mann!»

«Okay …» Noch immer ganz verblüfft stand Mirko auf und folgte Ergün zum Mischpult.

Dort wurde er mit dem hauptverantwortlichen Mixer bekannt

gemacht, der ihn rasch einwies und ihm die wichtigsten Regler zeigte.

Nun betrat die Schulleiterin die Bühne und hob das Mikrofon zum Mund. Der Kameramann vom TV begann zu filmen.

Im Gewächshaus breitete sich schlagartig Stille aus.

«Meine Damen und Herren», begann die Leiterin. «Es ist mir eine besondere Ehre, Sie zur diesjährigen Musical-Aufführung zu begrüßen.» Sie zeigte auf die Glaswände an der Seite. «Ein Musical in einem Treibhaus – kann das gehen? Das haben Sie sich vielleicht gefragt, und uns erging es offen gestanden anfangs genauso. Doch durch den großen Einsatz aller Beteiligten wurde es tatsächlich möglich. Einzig die gewichtige Frage, wie man so ein Gewächshaus bei der Kälte genügend heizen könnte, blieb bis zuletzt offen. Aber dann kam die Lösung. Sehen Sie sich um: Wir alle sind die Wärmequelle! Wir bringen uns selbst mit. Und helfen dadurch, den Raum zu wärmen. Und das ist doch auch ein sehr weihnachtlicher Gedanke, meine verehrten Damen und Herren: Wir alle bringen ein Stück Wärme in die Welt.»

Unter großem Applaus verließ die Schulleiterin die Bühne.

Ergüns Band begann das Lied *Der Stern von Bethlehem* in einer rockigen Version zu spielen.

Während des Songs schaute Mirko einmal unauffällig ins Publikum. Dabei bemerkte er, wie sein Vater ihn stolz betrachtete und ihm nun zulächelte, als er seinen Blick auffing.

Mirko sah wieder vor sich auf die Regler am Mischpult. Dass er nun bei dem großen Auftritt dabei sein und mitmachen konnte, hätte er sich im ganzen Leben nie träumen lassen. Vielleicht, überlegte er, würde jetzt nach all dem Mist, den er gebaut hatte, doch noch alles gut. Es war spät, aber vielleicht noch nicht zu spät. Er wusste einfach nicht, ob er's schaffen würde. Doch zumindest würde er es versuchen. Das schwor er sich. Diese Chance käme kein zweites Mal. Und er würde sie nicht einfach so vorübergehen lassen ...

Die Kids und ihre Freunde standen hinter dem Vorhang bereit und warteten aufgeregt auf ihren Einsatz. Simon, Debora, Raffi, Loko, Suila, Nina – alle waren da.

Der Bühnenvorhang bestand aus einem samtenen Goldstoff, der den Schauplatz einrahmte.

Mitten im Publikum saß Opa neben Liliane, Manuel und den Eltern Kaminski.

Opa war besonders stolz auf den goldenen Bühnenvorhang. Den Stoff hatte seine verstorbene Frau vor vielen Jahren einmal von einer gemeinsamen Reise mit nach Hause gebracht. Jetzt kam der Goldsamt doch noch zum Einsatz – zu einem sehr denkwürdigen sogar ...

Hinter dem Vorhang legte Julia letzte Hand an die Schauspieler. Zuständig für Maske und Kostüme, hatte sie sich inzwischen mit ihrer Aufgabe richtig angefreundet und sogar einen Schminkkurs belegt. Nun tupfte sie auf Suilas Gesicht noch ein wenig Puder und richtete das Kissen unter dem Maria-Kleid.

Deboras Verkleidung als Wirt wurde noch einmal überprüft.

Und Raffi kriegte zu ihrem weißen Engelskleid die Bügel mit dem Heiligenschein dran auf den Kopf gesetzt.

Der Auftakt-Song der Band näherte sich langsam dem Ende.

Simon scharrte schon mit den Füßen, bis er endlich rauskonnte.

Als die letzten Takte verklangen, schob er sich durch die Vorhangspalte und trat ins gleißende Scheinwerferlicht auf die Bühne, um als Moderator die Einleitung ins Musical zu präsentieren.

Die Leute klatschten, Simon verbeugte sich und griff dabei nach dem Mikrofon, das auf dem Boden bereitlag.

«Willkommen zum Musical!», begann er. «Sie alle kennen die Weihnachtsgeschichte. Wir zeigen sie Ihnen in moderner Form – die Musik stammt aus der heutigen Zeit, die Geschichte aber ist original. Also keine Angst: Maria und Josef werden nicht mit der S-Bahn in Bethlehem einfahren ...»

Einige Lacher im Saal ließen Simon kurz innehalten. Schmunzelnde Gesichter waren im blendenden Gegenlicht zu erkennen.

«Und keine Angst», machte Simon weiter. «Maria wird auch nicht vom schweren Motorrad absteigen, sondern vom Esel ...»

Nun gab es noch mehr Lacher.

«Und zu guter Letzt», lächelte Simon, «die drei Weisen aus

dem Morgenland finden ihren Weg hierher durch den Stern am Himmel und nicht durch ihr Navi …»

Jetzt breitete sich endgültig ausgelassenes Lachen im ganzen Raum aus.

Simon wartete, bis es abebbte und schließlich ausklang.

«Aber eins ist sicher», sagte er dann. «Ob die Geschichte nun vor zweitausend Jahren stattfindet oder heute – die Hauptaussage bleibt dieselbe. Mit der Geburt von Jesus ist nicht nur ein Kind in die Welt gekommen. Jesus hat auch heute noch eine besondere Bedeutung. Weihnachten wird nicht umsonst das Fest der Liebe genannt.»

Einen Moment lang erfüllte besinnliche Stille den Saal.

Dann brandete lautstarker Applaus auf.

Simon verbeugte sich und ging ab, zurück hinter den Vorhang.

Jetzt war es so weit. Das Musical begann.

Der große Augenblick kam.

Kapitel 24

Die Palmen verliehen der Bühne einen orientalischen Hauch, und die Schafe machten sich gut darunter. Zwockel füllte als Hirtenhund die Lücke im Bühnenbild wunderbar aus. Alles sah perfekt aus – noch …

Raffi trat als Engel auf die Bühne.

Hinter dem Vorhang stieg bei den Kids die Spannung, ob die Kleine es diesmal schaffen würde, ihre Rolle fehlerfrei zu sprechen.

Der Moment kam unweigerlich näher.

Loko kniete als stolzer Josef neben Suila als frischgebackener Mutter Maria vor der stimmungsvoll gestalteten Krippe. Beide beugten sich stumm vor Glück über das Kind.

Daneben standen die Hirten vor dem nachtblauen Sternenhimmel.

Man hörte das Gebimmel von Glöckchen und das entfernte Heulen von Wölfen.

Plötzlich tauchte der Engel auf.

Die Hirten raunten erschrocken, knieten sich hin und blickten bange hoch.

«Habt keine Angst!», verkündete Raffi. «Ich habe eine große Freudenbotschaft für euch und für das ganze Volk. Heute ist euch der Retter geboren worden: Christus, der Herr! Ihr werdet ein ... *neugeborenes Kind* finden!»

Lautlos klatschten sich Simon und Debora hinter dem Vorhang ab.

Dann spähten sie durch die Spalte ins Publikum hinaus.

Manuel hob den Daumen und zwinkerte ihnen fröhlich zu.

Opa hatte sein geheimnisvolles Lächeln im Gesicht.

Mutter und Vater schmunzelten, und Liliane formte mit den Lippen ein tonloses «Suuuuuper!».

Auf der Bühne bahnte sich nun allerdings Unheil an.

Denn Raffi hatte wie bei den Proben einen Hundekeks in der Tasche, an dem sie zur Beruhigung ihrer Nerven bei all der Aufregung herumfingern konnte.

Doch leider hatte Zwockel den Leckerbissen gerochen.

Und jetzt kroch der Collie unauffällig über die Bühne zu ihr herüber.

Immer näher auf Raffi zu.

Die Kleine war voll auf ihre Rolle konzentriert und kriegte von allem nichts mit.

Herr Kaminski stupste seine Frau an und deutete auf Zwockel.

Mutter erkannte auf den ersten Blick, was schon bald passieren könnte. «Oh-oh ...», murmelte sie.

Beide verfolgten mit mulmigen Vorahnungen, wie Zwockel unaufhaltsam weiter an Raffi heranrobbte ...

Auf der Bühne war Raffi so glücklich darüber, keinen Versprecher gemacht zu haben, dass ihre Aufmerksamkeit ein wenig nachließ. Prompt geriet sie beim folgenden Satz ins Trudeln, während sie neben sich auf die Krippe zeigte: «Das Kind liegt in der Kr...»

Sie stoppte und dachte nach. Dann fiel ihr zum Glück wieder ein, wie es richtig heißen musste: «Das Kind liegt in Windeln gewickelt da in der Krippe!»

Die Kids atmeten auf.

Doch in diesem Augenblick machte Raffi einen Schritt zur Seite. Und dabei nahm das Verhängnis seinen Lauf.

Die Kleine stieß gegen Zwockel, der sich an sie herangeschlichen hatte.

Sie geriet aus dem Gleichgewicht und taumelte bedrohlich.

Im letzten Moment konnte sie sich auffangen. Doch der Heiligenschein löste sich von ihrem Kopf. Und fiel zu Boden.

Das Publikum hielt den Atem an.

Alle schauten gebannt auf Raffi.

Die Kleine zupfte ihr Engelskleid zurecht und sagte: «Macht nichts – es gibt auch Engel ohne Heiligenschein!»

Darauf brach der ganze Saal in Applaus aus.

Zwockel wedelte wie wild mit dem Schwanz und sorgte damit für zusätzliche Lacher.

«Hier.» Raffi holte den Hundekeks aus der Tasche und gab ihn dem Collie. «Den hast du dir jetzt redlich verdient», grinste sie, und Zwockel vertilgte den ersehnten Keks mit Hochgenuss.

Die letzten Musikklänge lagen in der warmen Luft des Gewächshauses, als alle Schauspieler noch einmal auf die Bühne kamen. Zusammen mit den Bandmusikern und den Leuten von der Technik stellten sie sich nebeneinander hin und verbeugten sich dann gleichzeitig.

Lang anhaltender Applaus feierte ihre großartige Leistung.

Das Musical-Team verbeugte sich immer und immer wieder. Einige Zuschauer standen auf, klatschten im Stehen weiter, und schließlich erhob sich das gesamte Publikum zu stehendem Applaus.

Selbst über Mirkos Gesicht huschte ein glückliches Lächeln. Nur ganz kurz, aber es war da.

Auch Manuel applaudierte begeistert mit. Ihm ging durch

den Kopf, dass er ja noch vor kurzem aufgeben wollte. Inzwischen war ihm klar, dass es sich eben doch lohnte, zu kämpfen und an sich zu arbeiten. Er hatte sich getäuscht in der Nacht, als ihn die Typen an der Bushaltestelle beschimpft hatten. Er hatte sich getäuscht, als er gedacht hatte, alles hätte keinen Sinn.

Als der Applaus endlich verebbte, kamen die Schauspieler und die Bandmitglieder von der Bühne und gesellten sich zum Publikum.

An der Seite waren Tische aufgestellt, wo es heißen Tee gab und für die Erwachsenen duftenden Glühwein.

Bei den Schalen mit Weihnachtsgebäck stand auf einem Hinweisschild der Schule, die zusätzliche Kollekte wäre zur Deckung der Unkosten der Familie Kaminski gedacht. Doch Vater hatte die Zeilen durchgestrichen und von Hand hingeschrieben, dass alle Spenden in diesem Körbchen vollumfänglich an die hilfsbedürftigen Kinder in Marokko gehen würden.

Die Kids und ihre Freunde standen da und unterhielten sich angeregt, wer im Musical was besonders gut gemacht hatte und wo die Sache ziemlich brenzlig geworden war, ohne dass das Publikum überhaupt etwas davon gemerkt hatte. Da war natürlich Raffis Heiligenschein der absolute Höhepunkt. Alle mussten lachen, als sie daran zurückdachten, wie genial Raffi das Problem gelöst hatte.

Doch dann dachte Debora nicht mehr zurück, sondern schaute nach vorne. Denn ihr fiel wieder ein, was dies für ein Tag war. «Ich freu mich unheimlich auf heute Abend», strahlte

sie und warf Manuel einen Blick zu. «Es ist wunderschön, gemeinsam Weihnachten zu feiern!»

«Au ja!», rief Raffi und machte einen Luftsprung. «Weihnachten! Das wird klasse, Mann!»

ENDE

Lieblings-Weihnachtsgebäck Raffi

Hier war das Rezept zum Lieblings-Weihnachtsgebäck von Simon, Debora und Raffi

Das brauchst Du dazu:

3 Butter
370g Zu
200g dunkl
gerieben,

300g gemahlene Man
75g Maisstärke

Das machst Du damit:

mit dem
bis die

dem Mixer verrühren.

daz

Kle hen und unter die Masse rühren.
wende

das mit Ba mit Backpapier auslegen,
legen. illen.

Einige Stunden bei 60-75 Minuten
trocknen lassen.

Im vorgeheizten Ofen im oberen
bei 220-250 Grad 5 Minuten backen.

Lieblings-Weihnachtsgebäck Debora

Lebkuchen

Das brauchst Du dazu:

1 Tas. Eier
1 Tasse Zucker
1 Tasse zuckle Schokolade,
1 Prise Salz
2 Esslöffel Lebkuche deln
3 Esslöffel Birnenhonig
Obstsaftkonzentrat

1 Kaffeelöffel Natron
3 Tassen Mehl (450 g)

Das machst Du damit:

mit dem
Mixer schaumig rühren,
Masse hell ist.
zur
Teigugeben, kurz kneten,
30 Minuten ruhen lassen.
misc dick ausrollen, mit
Kuchenform Formen ausstechen und
Teigmasse einf kpapier belegte

Im vorgeheizten Ofen vorgeheizten
bei 180-200 Grad backen. backen.

Hier war das Rezept zum Lieblings-Weihnachtsgebäck von Simon, Debora und Raffi

Hier war das Rezept zum Lieblings-Weihnachtsgebäck von Simon, Debora und Raffi

Lieblings-Weihnachtsgebäck Simon

Butter-kekse

Das brauchst Du dazu:

250g & Joghurt (0,25 l)
1 Eigelb ·hne (0,25 l)
1 Ei ·r (200g)
250g Zucker
1 Prise Salz ·ngewürz
·rder

420g Mehl

Das machst Du damit:

Mixer schaumig rühren.

mit ·Masse geben,
30 Minuten ruhen lassen.

Te· ·ine Kugeln formen, in Staubzucker
Teig ½ Cr· in großen Abständen auf
beliebigen ·ckpapier belegte Backblech
auf das mit Bac·
Backblech lege· ·aumtemperatur

Mit Eigelb bestreichen, im
Ofen 7-8 Minuten bei 250 Gra· Drittel

Die ersten 15 Bände der Kaminski-Kids-Reihe: Was bisher geschah ...

Band 1: Übergabe drei Uhr morgens

Die Kids entdecken einen geheimnisvollen Hinweis: Jemand will mitten in der Nacht in ihr Haus eindringen ... Zudem schaffen sie es mit knapper Not, einem Hündchen das Leben zu retten – Zwockel ist fortan ihr treuer Begleiter.

Band 2: Mega Zoff!

Raffi wird im Schulhof erpresst: Sie soll für einen großen Jungen etwas stehlen, sonst macht er sie fertig. Simon und Debora versuchen ihr aus der Klemme zu helfen. Doch: Hinter der Sache steckt eine ganze Bande.

Band 3: Hart auf hart

Die Kids erhalten einen Drohbrief: «Ihr werdet euer Liebstes verlieren». Tatsächlich verschwindet ihr Collie Zwockel spurlos. Als sich die Kids auf die Suche machen, lockt sie ein unheimlicher Verfolger in einen Hinterhalt.

Band 4: Unter Verdacht

Als die Kids einen Einbruch untersuchen, geraten sie selber unter Verdacht der Polizei. Um in eine Bande aufgenommen zu werden, besteht Debora eine Mutprobe. Die «Banfits» planen als Nächstes eine lebensgefährliche Tat ...

Band 5: Auf der Flucht

Im verschneiten Ferienort des Snowboard-Camps lernen die Kids Antje und Mark kennen. Die beiden stecken in der Klemme und müssen fliehen. Auf der gemeinsamen Flucht verlieben sich Simon und Antje ineinander.

Band 6: In der Falle

Die Kids befreunden sich mit den Kindern eines Wanderzirkus. Als im Dorf etwas Wertvolles gestohlen wird, fällt der Verdacht auf die Künstler. Beim Versuch, den wirklichen Täter zu finden, geraten die Kids in eine gefährliche Falle.

Band 7: Auf heißer Spur

Im alten Nachbarhaus der Kids zieht eine junge Familie ein. Raffi freundet sich mit Nina an, doch bald ist die «Villa Kunterbunt» wieder verlassen. Die Kids kriegen einen Hilferuf: Nina wird gegen ihren Willen in einer Stadt festgehalten ...

Band 8: Entscheidung im Park

Als Simons bester Freund wegen Drogen Schwierigkeiten bekommt, geraten auch die Kids in Bedrängnis. Die Dealer locken sie zu einem Treffen an einen einsamen Ort – dort kommt es zur Entscheidung im Park.

Band 9: Gefahr in Amsterdam

Im Urlaub mit ihren Freunden Antje und Mark kriegen es die Kids mit einer Drogenbande zu tun. Was sie nicht wissen: Die Polizei ist an derselben Bande dran. Und dabei kommen ihr die Kids plötzlich in die Quere.

Band 10: Unsichtbare Zeugen

Die «Banfits» verwickeln die Kids in eine Prügelei, filmen sie dabei mit dem Handy und stellen den Film ins Internet. Simons Freund wird schwer verletzt. Als Verstärkung reisen Antje und Mark an. Doch da lauert schon neue Gefahr.

Band 11: Raub in der Nacht

Ein Pflegejunge zieht bei Familie Kaminski ein. Welche Rolle spielt Manuel bei einem Autodiebstahl in der Nähe? Und mit wem treibt er sich herum, wenn er sich nachts wegschleicht? Die Täter planen einen Tankstellen-Raub ...

Band 12: Das Geheimnis von Marrakesch

In den Gassen von Marrakesch finden die Kids ein verlassenes Baby. Als sie versuchen, dessen Mutter aufzuspüren, stoßen sie auf ein dunkles Geheimnis. Und jemand will um jeden Preis verhindern, dass dieses gelüftet wird.

Band 13: Spurlos verschwunden

Eines Tages ist keine Spur von Debora mehr zu finden. Ein Suchhund der Polizei nimmt die Fährte auf. Die Spur führt bis zur Straße vor dem Hof und endet dort plötzlich. Ist Debora entführt worden? Eine packende Suche beginnt.

Band 14: Gefährliches Spiel

Ein Mädchen trifft sich heimlich mit einem unbekannten Chat-Partner im Park. In der Gegend läuft eine Serie von Straftaten. Die Kids stoßen auf ein rätselhaftes Game. Ein gefährlicher Internet-Täter ist unterwegs.

Band 15: Im Kölner Verlies

Bei einer Filmstudio-Führung bleibt ein Schauspieler reglos liegen. Plötzlich fällt der Strom aus, alle Türen sind versperrt. Die Kids sind im Studio eingeschlossen. Zusammen mit Besuchern und TV-Machern – und dem Täter ...

Kaminski-Kids auf Facebook

Auf www.facebook.com/kaminski.kids

kannst Du (auch ohne eigenes Facebook-Konto) Kurzfilme sehen (etwa von Auftritten des Autors) oder Fotos anschauen (etwa vom «Making of: Das Geheimnis von Marrakesch» mit vielen Bildern aus Marokko) oder bei Gewinnspielen mitmachen und tolle Preise gewinnen …

Falls Du ein eigenes Facebook-Konto hast, klicke bei der Kaminski-Kids-Seite auf *«Gefällt mir»*, um über die Kids immer auf dem Laufenden zu bleiben und bei den Gewinnspielen mitmachen zu können!

Hat Dir das Buch gefallen? Schreibe uns!

Wir freuen uns immer riesig über Post von Leserinnen und Lesern! Wenn Dir die Kaminski-Kids gefallen oder wenn Du einen Vorschlag, eine Frage oder sonst eine Rückmeldung hast, dann zögere nicht, uns zu schreiben! Sende uns Deine Zeilen

per E-Mail an fanclub@kaminski-kids.com

oder an Die Kaminski-Kids
c/o Fontis-Verlag
Steinentorstrasse 23
CH-4010 Basel

Mitmachen und gewinnen

Das Neuste über die Kids erfahren und bei den Gewinnspielen mitmachen: Fordere den kostenlosen E-Mail-Infobrief der Kaminski-Kids an! Das geht ganz einfach unter:

www.kaminski-kids.com

Hier kannst Du auch die Kaminski-Kids besuchen und nachschauen, was die Kids über sich selbst erzählen! Auf unserer Webseite gibt's zudem viele Infos für Vorträge und Referate, über die Storys, andere Fans und natürlich über den Kaminski-Kids-Autor und seine Kinder, die beim Schreiben der Bücher mithelfen!

Wir freuen uns, von Dir zu hören!

Der Autor steht auch gerne für Lesungen in Schulklassen, Buchhandlungen oder bei anderen Events zur Verfügung.

Eine Lesestunde mit Spannung und Witz:
Unterhaltsam, heiter, informativ.

Infos unter:

www.kaminski-kids.com

Das sagt die Presse

«Von der ersten bis zur letzten Seite fesselnd!»

Siegerländer Wochenanzeiger

«Sogar Lesemuffel werden durch die Kaminski-Kids zu Leseratten!»

Schweizer Illustrierte, Zürich

«Da werden die Eltern ihren Kindern die Glühbirne aus der Nachttischlampe drehen müssen …»

Neues Leben, Berlin

«Spannend, intelligent und unterhaltsam.»

Schweizer Familie

«Ein Buch, das die Sprache der Kinder spricht und Dinge behandelt, die die junge Generation wirklich bewegen. Ein empfehlenswerter Tipp für jede Familie.»

Neue Mittelland Zeitung

«Carlo Meier macht mit seiner Buchreihe um die Kaminski-Kids Literatur zu einem aufregenden Erlebnis, das für eine packende Lektüre zur Tages- und Nachtzeit sorgt. Man wird mit dem Lesen nicht mehr aufhören wollen, sobald man einmal damit angefangen hat. Ein absoluter Renner – Spannung ab der ersten Leseminute garantiert. Da ist es kein Wunder, dass man davon nie genug zu fassen bekommen kann. Genial!»

literaturmarkt.info (Deutschland)

Vom Autorenteam der Kaminski-Kids

Carlo Meier, «Hope Road»

Ein vergnüglicher, unterhaltsamer Krimi für Erwachsene

224 Seiten, Hardcover mit Schutzumschlag
mit Illustrationen von Lisa Gangwisch
€ [D] 14.99 / € [A] *15.40 / CHF *26.80
Best.-Nr. 191.113 / ISBN 978-3-7655-1113-4

Zwei Londoner wollen nicht ins Altersheim und gründen eine WG. Als Owen und Patrick einen dritten Wohnpartner suchen, führen sie ein Casting durch. Dabei gewinnt eindeutig eine ganz bestimmte Person – Elisa. Wird das wohl gutgehen? Eine Frau im bisher reinen Männerclub ...

Als Ex-Inspector von Scotland Yard wird Owen oft gerufen, wenn irgendwo etwas seltsam läuft. Nun löst er mit Patrick eine Diebstahl-Serie in der Seniorenresidenz «Sunny Gardens». Ein echt kniffliger Fall – und das Leben in der WG an der Hope Road ist auch so schon voller Turbulenzen …

Eine charmante Komödie mit viel Witz, Spannung und Tiefgang.

«Hope Road» ist ein liebevoller Kriminalroman zum Schmunzeln, die beiden alten Herren sind ja wirklich auf Zack. Empfehlen würde ich diesen Roman besonders älteren Menschen, oder allen, die gerne etwas Spannung möchten, denen aber die Krimis jeweils schon zu hart sind zum Lesen. Ein echtes «Wohlfühlbuch».
(Lesefieber.ch, Manuela Hofstätter)

Der Autor steht gerne für Lesungen zur Verfügung.

Eine Lesestunde mit Spannung und Witz: Vergnüglich, unterhaltsam, heiter.

Infos unter:

www.hope-road.com

«Die Kaminski-Kids» als Hörspiele

Auf Hochdeutsch
veröffentlicht vom Brunnen Verlag

- **Die Kaminski-Kids: Mega Zoff!**
  CD: ISBN 978-3-7655-8754-2
- **Die Kaminski-Kids: Hart auf hart**
  CD: ISBN 978-3-7655-8755-9
- **Die Kaminski-Kids: Unter Verdacht**
  CD: ISBN 978-3-7655-8757-3
- **Die Kaminski-Kids: Auf der Flucht**
  CD: ISBN 978-3-7655-8758-0
- **Die Kaminski-Kids: In der Falle**
  CD: ISBN 978-3-7655-8759-7

In Schweizer Mundart
produziert vom Verlag «Chinderwält»
(Universal Music)

- **D'Kaminski-Kids: I de Falle**
  CD: ISBN 978-3-03718-422-6
  MC: ISBN 978-3-03718-423-3
- **D'Kaminski-Kids: Uf heisser Spur**
  CD: ISBN 978-3-03718-480-6
  MC: ISBN 978-3-03718-481-3
- **D'Kaminski-Kids: Mega Zoff!**
  CD: ISBN 978-3-03718-093-8
  MC: ISBN 978-3-03718-094-5
- **D'Kaminski-Kids: Hart uf hart**
  CD: ISBN 978-3-03718-155-3
  MC: ISBN 978-3-03718-156-0
- **D'Kaminski-Kids: Unter Verdacht**
  CD: ISBN 978-3-03718-205-5
  MC: ISBN 978-3-03718-206-2
- **D'Kaminski-Kids: Uf de Flucht**
  CD: ISBN 978-3-03718-371-7
  MC: ISBN 978-3-03718-372-4
- **D'Kaminski-Kids: Entscheidig im Park**
  CD: ISBN 978-3-03718-496-7
- **D'Kaminski-Kids: Gfahr in Amsterdam**
  CD: ISBN 978-3-03718-543-8

«Die Kaminski-Kids» als Hörspiele

74 Minuten Hochspannung!
CD: ISBN 978-3-7655-8754-2

60 Minuten Hochspannung!
CD: ISBN 978-3-7655-8755-9

62 Minuten Hochspannung!
CD: ISBN 978-3-7655-8757-3

«Die Kaminski-Kids» als Hörspiele

61 Minuten Hochspannung!
CD: ISBN 978-3-7655-8758-0

65 Minuten Hochspannung!
CD: ISBN 978-3-7655-8759-7

Alle fünf Hörspiele sind auf Hochdeutsch. Es gibt sie aber auch als Mundart-Produktion: siehe vorhergehende Doppelseite.

Die Kaminski-Kids-Dorfkarte

Sehr beliebt: «Die Kaminski-Kids-Dorfkarte», gezeichnet von der Illustratorin der Kaminski-Kids-Bücher, Lisa Gangwisch. Ein Muss für alle Fans der Reihe!

«Die Kaminski-Kids-Dorfkarte»,
vierfarbiges Poster, DIN A2, Format 59,4 x 42,0 cm
ISBN 978-3-7655-7824-3

Drei tolle Fan-Artikel rund um die Kaminski-Kids!

Verkaufsposter «Die Kaminski-Kids»,
vierfarbig, Großformat 84 x 59 cm, ISBN 978-3-7655-7820-5

«Kaminski-Kids: Das Memo-Heft»,
Umschlag und Inhalt vierfarbig, Spiralbindung.
Das Memo-Heft für Deine persönlichen Notizen!
ISBN 978-3-7655-7822-9

Postkarten-Leporello «Die Kaminski-Kids»,
11 farbige Postkarten zum Sammeln und Verschicken!
ISBN 978-3-7655-7823-6

(Das «Banfits»-Graffiti
aus den früheren «Kaminski-Kids»-Büchern)

Nadine

Loko

Suila

Tim

Ergün

Simon

Raffaela („Raffi")

Debora („Debbie")

In anderen Kaminski-Kids-Bänden dabei:

Ellen

Henk

Borat

Ronnie

Sven

Nando

Carmen

Oliver

Franziska

Jessica

Manfred

Holger